노을아빠 채성진

차노을

뭐가 됐든
행복하면 됐지

충남 아산에 계신 부모님,

경기 포천에 계신 장인 장모님,

네 분의 헌신이 없었다면

이 책의 단 한 페이지도 쓸 수 없었을 겁니다.

마음 깊이 감사드립니다.

뭐가 됐든 행복하면 됐지

사실 내가 진짜 주고 싶은 건
너를 가장 믿어주는 사람

차성진 지음

arte

차례

3부

다투고, 풀고, 더 단단해지는 우리

4부

나는 할래, 행복하게 살래

"어? 혹시 노을이 아빠 아니세요?"

언제 들어도 익숙하지 않은 말입니다.
작년까지만 해도, 아니 올해 초까지만 해도
평범한 일상을 살았던 제가 최근 반년 동안
쉽게 경험할 수 없는 일들을 누리며
지내고 있습니다.

친구가 없던 우리 아이를
이제는 많은 사람이 알아보기 시작했고,
그 옆에 서 있는 저 역시
알아봐주시는 분들이 생겼습니다.

"어떻게 그런 영상을 만들 생각을 하셨어요?"
"원래 음악을 하셨나요?"

많은 분이 다양한 질문을 건네셨는데,

그 질문의 끝은

언제나 아이를 키우는 과정과

관련된 이야기였습니다.

"노을이를 키울 때 어떤 마음으로 키우셨나요?"

"가사에 담긴 노을이 아빠의 육아 철학을 듣고 싶어요."

육아관은 인생을 우려낸 사골 국물과 같습니다.

한 사람이 인생을 살아오며 느꼈던

다양한 생각과 가치관은

오랜 세월 동안 가슴속에서 우려져,

가장 사랑하는 존재를 만났을 때

비로소 한 상의 차림으로 쏟아져 나오게 됩니다.

'나는 어떤 삶이 행복하다고 생각하는가?'

'나는 무엇이 인생의 가장 큰 슬픔이라 여기는가?'

'인생을 잘 살기 위해 키워야 할 능력은 무엇인가?'

결국 육아관은 인생관의 또 다른 모습이지요.
저는 남다른 삶을 고민해 왔습니다.
항상 '별난 친구', '독특한 친구'로 불려 왔었죠.
그렇다 보니 자연스럽게 저만의 철학도 생겼습니다.
주변 사람들과 다른 방식을 고수할 때
자부심을 느끼기도, 때론 불안함을 느끼기도 합니다.

그 모든 생각을 여러분들과 솔직히 나누고자 합니다.

제 이야기가 여러분 삶의 철학을 대체하거나,
더 나은 답을 제시하려는 것은 아닙니다.
다만 나와 다른 무언가를 만났을 때
생각의 발전이 일어난다고 봅니다.

그 생각을 지지하기도, 반대하기도 하면서
내면의 생각을 더 단단히 채워가는 것이죠.

그런 점에서,

이 책을 펼친 여러분께 제가 드릴 수 있는

무언가가 있지 않을까 생각합니다.

그것을 통해, 우리는 우리의 아이들을

더욱 행복하게 키워나갈 수 있겠죠.

뭐가 됐든, 행복하면 된 거 아니겠습니까?

2024년 12월, 차성진

1부

나는 2학년 차노을, 차미반의 친구

노을이라는 이름은 말이죠

"네 아들 이름은 차위대한이다!"

평소 같으면 말도 안 되는 소리라며 단호히 말했겠지만,
핸드폰 너머로 들리는 어머니의 목소리에는
찰랑찰랑 잔이 넘칠 정도로 확신이 가득 차 있어
일단 지금은 그냥 넘어가기로 했습니다.

"아, 네…."

그렇다고 진짜 우리 애 이름을
그렇게 지을 순 없잖아요.

그때부터 아이의 이름을 고민하기 시작했습니다.

아이의 이름을 짓겠다는 생각은 자연스럽게

'우리 아이가 어떤 사람이 되면 좋을까?'

라는 질문으로 이어졌습니다.

그렇게 내 인생 스물세 번째 여름과 함께

육아에 대한 저의 고민이 시작되었습니다.

결혼을 1년 앞둔 시점이었죠.

당시 저는 밴드를 하며 곡을 쓰고 있었어요.

그때 제 가사에 가장 많이 등장하는 단어가

'노을' 이었죠.

그래서 '노을' 이라는 단어가 자연스럽게 먼저 떠올랐어요.

발음하기도 좋고 시각적인 아름다움이 떠오르니까요.

(저는 말소리를 중요하게 생각해요!)

의미도 어렵지 않게 떠올랐어요.

'세상을 위로하는 소리'

'위대한' 이라는 거대한 이름의 파도를

막을 방파제가 얼른 필요했습니다.

그렇게 물 흐르듯 떠오르는 단어를 쓰기로 굳게 결심했죠.

'그래, 첫 아이의 이름은 노을이다.'

그렇게 급하게 떠올린 이름이었지만

이 이름이 좋은 이름이라 확신하게 된 계기가 있었어요.

노을이 출산을 3개월쯤 앞두고

말레이시아에 계신 지인의 도움을 받아

우리는 없는 형편에 태교 여행을 떠났습니다.

수도인 쿠알라룸푸르 한복판에 3일간 머물다,

마지막 하루는 한적한 시골로 가게 되었죠.

그곳 강가에 자리한 허름한 식당에서

저녁 식사를 하기로 했어요.

막상 도착하자 우리 부부의 발은 식당이 아니라
저절로 강 쪽으로 향했습니다.

하늘에 너무나 아름다운 노을이 펼쳐져 있었거든요.
저무는 해가 걸린 수평선 언저리는
노랗게 물이 들어 있었고,
이내 천천히 주황빛에서 검붉은 빛으로 변해
머리 위로 보랏빛 커튼이 드리웠죠.

'왜 여행 기간 내내 노을을 보지 못하다
이제야 이렇게 보게 된 걸까?'

가만 떠올려 보니,
도시에는 빌딩이 가득해서 하늘을 볼 틈이 없었던 거죠.
도시민들에겐 노을이 별로 필요 없을 거예요.
이미 그들의 삶을 위로해줄 것들이 많이 있으니까요.
하지만 이 작은 시골 동네에서는
오로지 노을만이 사람들을 위로해주는 유일한 존재였죠.

"여보, 이거 봐. 내가 노을이란 이름을 지을 때
떠올렸던 그림이 바로 이런 거였어."

강가에 서서 눈물을 흘리며 아내에게 말했습니다.

"노을이가 이런 사람이 되었으면 좋겠어.
사람들을 위로하는 사람.
아무것도 가진 것 없는 사람들에게
유일한 위로가 되어줄 수 있는 사람이면 좋겠어."

부른 배를 안고 제 옆에 다가온
아내의 눈에도 눈물이 가득 고여 있었습니다.

노을이와 함께한 〈happy〉 노래가
세상에 알려졌을 때,
많은 감사의 댓글을 받았습니다.
시한부 선고를 받은 분이
병상에서 행복감을 느꼈다는 댓글,

부모님이 안 계신 청년이 마치 사랑받고 있는 듯한

위안을 느꼈다는 댓글,

그 외 수많은 사람의 감사 인사들.

어쩌면 이미 노을이는

자신의 이름값을 했는지도 모릅니다.

사람들을 위로하는 사람, 노을이

✱

노을이 그리고 새벽이와 하루

노을이 이름에 담긴 뜻을 들려드린 김에
이번에는 둘째 새벽이와 셋째 하루의 이름에
담긴 의미도 전해드리고 싶네요.

첫째 아이의 이름을 지을 때도 그랬지만
작명을 할 때 부모의 양육관이
자연스럽게 담긴다는 걸 느꼈어요.

'어떤 이름을 짓지?'라는 고민은
'어떤 부모가 되어야 할까?'라는 생각으로 이어졌고
'나는 아이를 어떻게 키워야 할까?'

'우리 아이가 어떻게 살아가기를 바라는가?'

라는 깊은 질문을 마주해야 했죠.

'내가 한 사람의 인생에

방향을 정해줄 자격이 있는 사람일까?'

사실 부모도 아직 인생을 다 알지 못하잖아요.

우리 모두 지구별 여행은 처음입니다.

지구인으로서의 삶도 처음이고요.

그렇기에 어떤 삶이 좋은 삶인지 늘 헷갈리곤 합니다.

늘 이기기만 하는 삶이 과연 좋은 삶일까?

그러면 약자를 무시하게 되지 않을까?

자유로운 삶은 좋지만, 책임감을 잃진 않을까?

나누며 사는 삶은 아름답지만

자신을 잃을 수 있지 않을까 하는 질문이 꼬리에 꼬리를 뭅니다.

특정한 길을 강요하는 부모로 인해

부모와 자녀와의 관계가 틀어지거나

장성해서도 부모의 도움 없이는
스스로 삶의 길을 결정하지 못하는 경우도 많이 봤거든요.

그래서 저는 양육관을 이렇게 결론지었습니다.
'자신의 행복을 스스로 결정하는 것'

이런 마음을 담아, 아이들의 이름에도
한자어보다는 다양하게 해석할 수 있는 단어를
쓰기로 했습니다.
그렇게 노을, 새벽, 하루라는 이름이 완성되었죠.

물론, 그 이름들에는
제가 바라는 뜻도 담겨 있습니다.

노을에는 세상을 위로하는 사람이 되기를 바라는 마음이,
새벽에는 세상을 깨우는 소리가 되기를 바라는 마음이,
하루에는 하루하루 행복한 사람이 되기를 바라는 마음이
담겨 있죠.

우리 아이들이 아빠가 담은 이름의

뜻대로 살아주어도 참 좋겠지만,

만약 제가 담은 뜻과 다른 인생관을 갖게 되더라도,

언제든 스스로 이름의 의미를 창조해가며

자신만의 삶을 가꾸어나가길 바랄 뿐입니다.

✷

학교로부터 걸려온 한 통의 전화

"여보, 노을이가 학교에서 말이야…."

경험해보신 분들이라면,

이 짧은 문장이 갖는 힘을 잘 아실 거예요.

아주 짧은 순간

심장이 발아래로 쿵!

"왜? 무슨 일인데?"

제 목소리엔 다급함이 묻어납니다.

노을이가 누굴 때렸나? 욕을 했나? 아니면 맞았나?

불과 1~2초 안에 온갖 불안한 추측이

머릿속을 가득 채웠습니다.

“노을이가 수업 도중에 교실 뒤에 가서 막 눕고 그런대.”

누워? 수업 시간에?

“그리고 자꾸 자리에서 일어나려고 하고

갑자기 운동장을 뛰고 오기도 한대.”

누군가와 상처를 주고받은 일은 아니어서

다행이란 생각이 들면서도

황당한 내용에 순간 판단이 멈춰버렸습니다.

일단 노을이에게 사실을 확인해야 할 것 같았어요.

가볍게 물어야 할지, 심각하게 물어야 할지,

초보 아빠에게는 이것조차 어려운 일이었습니다.

학교에서 돌아온 노을이에게

정말 이런 행동들을 했냐고 물어보았습니다.

노을이는 머리를 긁적이며 맞다고 하더군요.

"왜 그랬어, 노을아?"

"그냥 가만히 있기가 너무 지루해서."

"노을아. 네가 지루하다고 그렇게 행동하면
다른 사람한테 피해를 주는 거잖아.
다른 아이들과 함께 지내는 학교에서 그러면 안 되지."

"응, 알겠어. 안 그럴게."

다행히 노을이는 제 말을 알아들은 것 같았고
선생님께도 양해를 구하고 사과드렸습니다.
이렇게 사건은 일단락되는 것 같았어요.

그런데 머잖아 학교에서 또 연락이 왔습니다.

똑같은 행동이 계속 반복된다는 선생님의 말씀이었죠.
속에서 깊은 짜증이 확 치밀어올랐습니다.
무엇보다 수업 시간에 드러눕는다는 게

상식적으로 용납될 수 있는 행동이 아니잖아요.
선생님께서도 얼마나 당황스러우셨을까요?

심지어 반 친구들도
"야, 차노을. 일어나!"라고 채근했다더군요.
학부모님들께도 죄송스러웠습니다.

그때 문득 ADHD라는 단어가 떠올랐습니다.

'어쩌면?'

평소 노을이는 흥이 많은 아이입니다.
반대로 쉽게 화를 내거나 폭발하듯 울어버릴 때도 있죠.
저를 닮아서 감정적이라는 생각은 했지만
이것이 어떤 진단명까지 받을 일이라곤
생각하지 못했었습니다.
그런데 만약 ADHD라고 한다면?
그렇다면 단순한 훈육의 영역이 아니라

치료의 영역일 수 있겠다고 짐작했습니다.

선생님께 제 생각을 나누었더니
선생님께서도 그럴 가능성이 있을 것 같다며
병원 상담을 권하셨습니다.

"안 그래도 ADHD가 의심돼 말씀드리고 싶었어요.
그런데 워낙 예민할 수 있는 문제라 말씀드리기가…."
"아유, 말씀해주시면 저희가 감사하죠.
빨리 진단하고 치료할수록 좋은 거니까요.
계속 폐를 끼치는 것도 너무 죄송했고요."

선생님께 재차 사과를 드렸습니다.

"저는 선생님께서 행복한 근무 환경에서
일하셔야 한다고 생각해요.
그래야 그 행복이 아이들에게도 전해질 테니까요.
노을이가 오히려 선생님께

스트레스를 드린 것 같아 죄송스럽습니다.

혹시 노을이가 누군가에게 피해를 준다면

언제든 말씀해주세요. 부모로서 책임을 다하겠습니다."

아이는 아이니까 문제를 일으킬 수 있습니다.

그렇다면 부모는 부모답게 그 문제를 대처해야겠죠.

그렇게 선생님과의 통화가 마무리되었습니다.

그 이후 저는 노을이와 손을 잡고

함께 병원으로 향했습니다.

특별함도
부전자전?

노을이는 저와 참 많이 닮아 있습니다.

외모도 그렇고, 성격도 마찬가지죠.

감정적이고 외향적이고 활달하고

한 가지에 꽂히면 강하게 몰입하는 반면,

본인이 흥미를 느끼지 못하는 일에는

집중력이 현저히 떨어지곤 합니다.

아, 건망증이 심하고 주변 정리가 안 되는 것도요.

아니나 다를까 정신의학과 의사 선생님께서는

노을이에게 ADHD 진단을 내렸습니다.

"다행히 증상이 아주 심하진 않아요.
약물 치료를 하면
아마 활달한 성격의 일반적인 아이 정도로
증상을 다스릴 수 있을 겁니다."

'어쩐지' 하는 생각이 들었습니다.
예상했던 결과 앞에서 미리 준비한 질문을 했습니다.

"선생님, 부탁드리고 싶은 게 있는데요."
"네, 말씀하세요."
"그… 저도 ADHD가 아닐까, 상당히 의심이 가거든요.
한번 가볍게 진단해주실 수 있을까요?"

사실 저 역시 ADHD일 수 있다는 생각을
종종 했었습니다.
인터넷 커뮤니티에서 ADHD 증상이나
관련 테스트 항목들을 보았을 때
많은 부분이 제 모습과 일치한다고 생각했거든요.

이런 증상 때문에

어린 시절에 곤란했던 기억이 많습니다.

종종 덜렁대고, 무언가를 잘 잊어버리고

좋아하는 일과 싫어하는 일 사이의 집중력 차이가 크고

정리 정돈에 약한 편이거든요.

한국에서는 이런 특성을

'덤벙거린다', '산만하다'라며

인성이나 됨됨이와 연결 짓곤 하죠.

그렇다 보니, 저는 어딘가

나사 빠진 사람 취급을 받을 때가 많았어요.

위의 단점들을 덮을 만한 장점을 드러내 보여도

그저 어쩌다 한 번 제대로 했다는 시선을 받기 일쑤였죠.

이런 상황에서 자부심은 언감생심,

주변 시선에 위축될 수밖에 없었습니다.

하지만 성인이 되고, 사회 활동을 하면서
저 스스로에 대한 이해가 깊어지면서
이제는 주변의 시선에 위축되지 않습니다.

나의 단점들이 가져오는 장점을 알고 있으며
주변의 조롱을 덮을 만큼 큰 박수를 받는 법을 찾았고,
나의 부족한 부분을 빠르게 인정하고
적절한 도움을 받는 법을 찾았기 때문입니다.

그렇지만 정식으로 정신병리학적인 분석을 받고 싶었어요.
더구나 ADHD는 유전의 영향이 강하다고 하니
노을이의 진단 앞에서 저 자신도 확인해보고 싶었습니다.

"아버님도 ADHD일 확률이 다소 높아 보이네요."

의사 선생님은 간단한 문진 후
임시 진단을 내려주셨습니다.
'그럼 그렇지!'

오히려 홀가분하고 편안한 기분이 들었습니다.

'나는 못난 게 아니라, 다른 거였구나.'

어린 시절의 내가 듣고 싶었던 말들을
노을이에게 해주고 싶었습니다.

"노을아, 누구나 마음속에 에너지가 있거든?
그런데 노을이 마음속에 있는 에너지는 특별히 강해.
좋은 일이지? 그런데 문제는
주변에 피해를 줄 때가 있다는 거야."
"왜? 교실에서 눕는 것처럼?"
"맞아, 그런 행동도 사실 다른 사람에게 피해를 주거든.
학교에는 정해진 규칙이 있고, 그 규칙에 따라야
사람들이 모두 불편해하지 않아."
"응."
"노을이도 아빠도 다른 친구들도 언제든 실수할 수는 있어.
그러니까 혹시나 실수했을 땐 정중하게 사과하는 거야."

"알았어. 내가 잘못했을 땐 꼭 사과할게."

"대신, 그 에너지를 잘 활용한다면

누구도 만들 수 없는 놀라운 걸 가질 수 있게 돼.

그게 네가 가진 특별함이야."

아빠, 이거 보면 내 마음도 찍히는 거야?

아빠, 내 비눗방울 봐 봐.　　　　오! 아빠도 한 번 해볼까?

• 성인 ADHD 자가보고 척도 증상 체크리스트 ✓ •

		전혀 그렇지 않다	거의 그렇지 않다	약간 혹은 가끔 그렇다	자주 그렇다	매우 그렇다
1	어떤 일을 마무리 짓지 못해 곤란을 겪은 적이 있다.					
2	체계가 필요한 일을 해야 할 때 순서대로 진행하기 어렵다.					
3	약속이나 해야 할 일을 잊어버려 곤란을 겪은 적이 있다.					
4	골치 아픈 일은 피하거나 미룬다.					
5	오래 앉아 있을 때, 손가락이나 발가락을 꼼지락거린다.					
6	마치 모터가 달린 것처럼 멈출 수 없는 행동을 한다.					

* 진하게 색칠한 부분에 체크한 문항이 4개 이상이면
추가적인 검사가 필요합니다.

✷ 노을이의 친구 만들기 프로젝트, 시작!

아이를 기르며 속상한 순간은 참 많지만
그중에서도 가장 마음이 쓰이는 순간은
아이가 나의 단점을
그대로 반복하는 것을 볼 때가 아닌가 싶어요.

뭔가 내 인생에 후회로 남았던 그 순간을
아이가 그대로 반복하는 것 같아 속상하고
또 유전자를 타고 반복되는 기질을 보며
저 역시 그 기질에서
자유로울 수 없다는 느낌이 듭니다.
그래서 나와 다른 단점을 보일 때보다

같은 단점을 보일 때

부모의 마음이 더 타들어가는 것 같습니다.

'너만은 같은 후회를 겪지 않았으면'

하는 마음에.

노을이에게 '교우관계' 문제가 생겼다는 걸 알았습니다.

제발 그것만은 아니길 바랐는데….

부끄럽지만, 저도 초등학생 때

교우관계가 썩 좋은 편이 아니었습니다.

자신에게 집중하는 성격이다 보니

또래들의 감정을 파악하는 데 서툴렀고

당시에는 공부만 잘하면 선생님께 어지간한 문제로는 혼나지

않으니 그게 또 은근히 미움을 사는 포인트였던 것 같습니다.

저는 친구들에게 사랑받고 싶은 마음이 강했어요.

그래서 이런저런 시도를 해봤지만

그게 오히려 역효과를 내면서

친구들과 더 멀어지게 만들었죠.

그런데

똑같은 일이 노을이에게 반복되고 있었습니다.

"노을아, 요즘 어떤 친구랑 놀아?"

라고 물어보면

그렇게 활달하던 아이가 침울해집니다.

"혼자 놀아."

"왜?"

"그냥··· 혼자 노는 게 좋아."

그럴 리가 없거든요.

그래서 몇 번 대화를 더 나누어 보니

"친구들이 나를 별로 안 좋아해"

라고 노을이가 이실직고했습니다.

부모로서 너무 가슴 아픈 말이었습니다.

친구들에게 사랑받고 싶은 아이가

사랑을 받지 못한다는 사실이요.

“괜찮아. 엄마 아빠가 너의 친구가 되어줄게”
라는 말로 위로했지만,
친구의 공간은 절대 부모가 채울 수 없다는 걸
아내와 저도 잘 알고 있었죠.

속상함에 저희끼리 몰래 눈물짓기도 했습니다.

이 시간이 더 길어지면 안 되겠다 싶어
노을이의 반 친구 다섯 명을 모아
무료 음악 강의를 열어주었습니다.
좋은 기회였던 덕분인지
함께 협동한 경험 덕분인지,
어쨌든 노을이의 자신감이 조금은 올라간 것 같았습니다.

그렇지만, 해가 바뀌어 새로운 친구들을 만나자
노을이는 다시 기가 죽었죠.

아빠는 언제나 네 편이니까,
마음이 답답할 땐 뭐든 아빠한테 얘기해줘. 알았지?

"나? 그냥 혼자 책 보면서 놀아."

그 외로움과 자괴감을 알기에

그냥 묵묵히 안아줄 수밖에 없었습니다.

그러던 중, 기회가 찾아왔습니다.

2024년 4월 1일.

만우절이라 그런지 거짓말 같은 일이

시작되었습니다.

*

학교 숙제가 준 절호의 기회?

"아빠~ 나 숙제 받아 왔어."

학교를 마치고 돌아온 아이가
손에 종이 한 장을 들고 있었습니다.

'친구들 앞에서 장기를 뽐내거나
장기를 발휘한 순간을 영상으로 담아주세요.'

장기 자랑의 예시는 태권도, 성대모사 등으로
집에서 핸드폰으로 가볍게
찍을 만한 숙제로 보였습니다.

그걸 본 제 머릿속에

스파크가 튀었습니다.

'이걸 기회로 삼는다면?'

'뭔가 눈에 띌 만한 결과물을 만든다면

친구들이 노을이에게 관심을 갖게 되지 않을까?

그리고 그게 친구를 만들 수 있는

좋은 계기가 되지 않을까?'

마침 작년 크리스마스 때

노을이와 교회에서 랩 공연을 한 걸 떠올렸습니다.

함께 공연을 하기 위해 힙합 음악을 만들었는데

노을이 파트는 따라 하기 쉽게 손을 봤죠.

그랬더니 노을이가 생각보다 제법

잘 소화했습니다.

아, 어떻게 랩을 할 생각을 했냐고요?

평소에 제가 랩을 워낙 좋아하다 보니

노을이 앞에서 랩 뮤직비디오를 볼 때가 많았거든요.
그걸 노을이가 자연스레 따라 하면서
우리끼리 랩으로 대화하는 놀이를 하곤 했습니다.

아, 그런데 뮤직비디오 찍을 생각은 어떻게 했냐고요?
이건 저의 최근을 좀 돌아보아야 합니다.

저는 모 대학교에서 시간강사로
온라인 강의를 했었는데,
첫 강의 때마다 랩 뮤직비디오를 찍어서
학생들에게 인사를 건넸습니다.
신선한 방법으로 학생들을 환영해주고 싶었거든요.
학생들의 반응은 폭발적이었습니다.

그렇게 노을이의 삶과 저의 삶이
가로선과 세로선이 만나듯
하나의 점에서 만남을 이루었습니다.
'그래, 랩 뮤직비디오를 찍는 거야!'

사실 학교 장기 자랑 숙제에

누가 랩 뮤직비디오를 만들어서 가겠어요?

그런 만큼 노을이의 결과물은

반 친구들 사이에서 화제가 될 것 같았고

그걸 계기로 노을이가

친구를 사귈 수 있을지도 모른다고 생각했죠.

원래 자녀의 학교생활에 개입하지 않는 것이

저희 부부의 원칙입니다.

노력 없는 결과는 아이의 성장을

방해한다고 생각하거든요.

하지만 이번에는 깊이 도와주기로 했습니다.

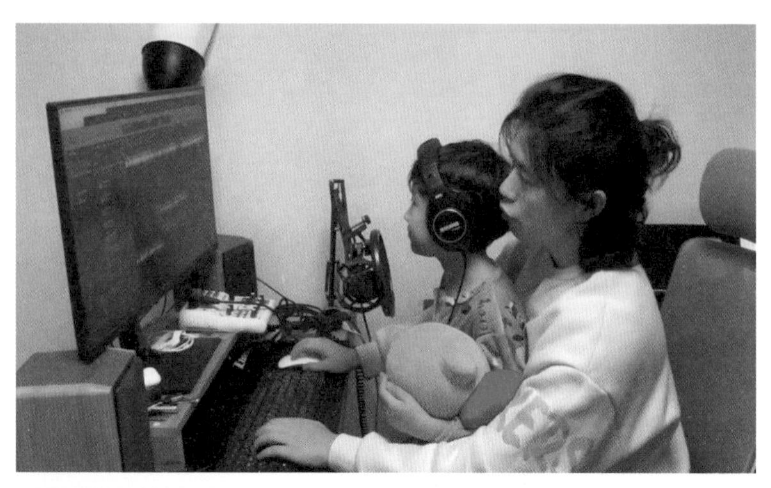

HAPPY
차노을

이때는 몰랐지,
이게 이 모든 일의 시작이 될 줄은….

✷ 48시간 만에 탄생한 뮤직비디오!

일단 시간이 많지 않았습니다.

숙제를 받아온 날은 4월 1일, 제출은 4월 3일.

바로 가사를 써야 했죠.

어… 어… 무슨 가사를 쓰지?

그래 친구들 앞에서 노을이가 자기소개를 해야겠지?

음… 어떤 친구라고

자신을 소개하게 할까?

그래, 노을이는 꿈이 많은 아이니까

자기가 가진 꿈들을 설명하게 하자!

사실 같이 앉아서 도란도란 이야기를 나누며

가사를 썼다면 더 좋았겠지만

정말 시간이 너무 부족했습니다.

게다가 노을이는 당장 태권도를 가야 했거든요.

"노을아, 앉아봐! 너 지금 가지고 있는 꿈 다 말해봐!"

"어… 어… 경찰도 되고 싶고,

소방관도 되고 싶고, 래퍼도 하고 싶고…

태권도장 관장도 하고 싶고…."

"오케이! 알았어! 태권도 다녀와! 아빠 가사 쓰고 있을게!"

그렇게 저는 가사를 쓰기 시작했습니다.

'나는 2학년 차노을!'

이란 문장이 먼저 떠올랐습니다.

그런데 마침 노을이가 소속된 반의 이름이

'차미반'이네요?

'차미반' 의 '차노을' 이라….

치읓이 만드는 청량함이 마음에 들었습니다.

'나는 2학년 차노을, 차미반의 친구

춤추고 랩하는 걸 좋아하는 친구'

이 가사는 그렇게 만들어졌죠.

결국 이 노래의 목적이

노을이에게 친구를 만들어주는 거다 보니

'나를 보면 인사 건네줘

반갑게 먼저 말을 걸어줘'

라는 말을 넣었습니다.

사실 이 문장이 이 노래의 가장 핵심이었죠.

이 말을 보고 한 사람이라도 노을이에게

먼저 말 걸어주길 바랐거든요.

그다음 노을이의 정체성을

'꿈이 많은 아이' 로 잡았기 때문에

그 이야기의 서문을 열었습니다.

'어른들이 자꾸 물어봐

커서 뭐가 되고 싶은지를 물어봐

정말 힘든 질문(이)야, 답이 너무 많아

먹고 싶은 게 많아서 꿈도 너무 많아'

그리고 노을이가 이야기해주었던

꿈을 하나하나 나열하기 시작했습니다.

'나쁜 사람 체포하는 경찰

위용위용 불 끄는 소방관

지금처럼 랩을 하는 래퍼

얍! 얍! 얍! 멋진 태권도장 관장!'

그리고 마지막은

제가 늘 품고 있는 삶의 철학을 담았습니다.

'뭐가 됐든 행복하면 됐지

뭐가 됐든 함께라면 됐지

사실 내가 진짜 되고 싶은 건

세상에서 가장 행복한 사람'

지구상에 존재하는 모든 사람의 목적은 행복 아닐까요?

제각기 방법은 다르지만

우리네 모든 인생의 걸음은

결국 '행복하고 싶어!' 라는 외침과 같다고 생각합니다.

그렇게 모든 가사가 완성되었죠.

이렇게 16마디의 가사를 완성하고 나니

뿌듯함이 잔뜩 몰려왔습니다.

학교 숙제 치고 너무 잘 나왔는데?

그렇게 가사가 완성되고
집에 도착한 노을이와 랩을 녹음했죠.

그리고 다음 날,
학교를 마친 노을이를 근처 호수공원에 데려가
뮤직비디오를 찍기 시작했습니다.

혹여나 어설픈 예술 감각이 발동해
아이를 고달프게 할까 봐
장면이 아주 마음에 들게 나오지 않아도
대부분 "오케이!"를 외치며 쓱쓱 넘어가며 촬영했습니다.

그런데 나중엔 이 녀석이 오히려 열의가 생겨서
"아빠 다시 할래!"를 연신 외쳤습니다.

해 지기 전에 얼른 찍어야 하니
오히려 제가 노을이의 열정을 눌러가며
1시간 만에 촬영을 마쳤죠.

그리고 집에 돌아와 밤샘 편집을 해서

가까스로 날짜에 맞춰 선생님께 영상을 보냈습니다.

결과는요?

노을이에게 같은 반 친구를 만들어주고 싶어서

뮤직비디오를 만들었는데,

이젠 그 비디오 덕분에

전국의 아이들이 노을이의 이름을 외치는 일이 벌어졌네요.

〈happy〉 스토리보드

호수공원 - 물꽃섬 / 초저녁
도입 및 노을이 등장

호수 전경 둘러보고 PAN

노을이 소개 문구 등장

해밀초 2학년
HAPPY
차노을

노을이 첫 등장 FR.In

나는 2학년 차노을 차미반의 친구
춤추고 랩하는 걸 좋아하는 친구
나를 보면 인사 건네줘
반갑게 먼저 말을 걸어줘

호수공원 - 매화공연장 / 낮, 초저녁
본격적으로 랩하는 노을이

걸어가는 노을이 측면 W.S

어른들이 자꾸 물어봐
커서 뭐가 되고 싶은지를 물어봐

걸어오는 노을이 정면 B.S

정말 힘든 질문(이)야
답이 너무 많아
먹고 싶은게 많아서
꿈도 너무 많아

노을이 정면 K.S

나쁜 사람 체포하는 경찰
위용위용 불 끄는 소방관

노을이 정면 F.S → C.U

지금처럼 랩을 하는 래퍼
얍! 얍! 얍! 멋진 태권도장 관장

S#3

호수공원 - 수상무대섬 / 초저녁
엔딩 및 스크롤

노을이 측면 C.U

뭐가 됐든 행복하면 됐지
뭐가 됐든 함께라면 됐지

노을이 멀어지면서 F.O
제목과 스크롤 나오면서 마무리

사실 내가 진짜 되고 싶은 건
세상에서 가장 행복한 사람

✱ 하루아침에 릴스 스타?

“여보, 이거 봐 봐. 조회수가 5만이 넘었어!”
“오, 신기하네….”

영상 덕분에 반에서 노을이는 화제가 되었고
그렇게 영상 활용을 끝내기는 아쉬워
쇼츠 형태로 간단히 편집해 인스타그램에 올렸습니다.
심지어 인스타그램을 잘 하지도 않는데 말이죠.

그런데 어느 순간 핸드폰의 진동이 멈추질 않는 겁니다.
사람들이 누른 ‘좋아요’ 때문에요.
‘다행이다. 주변 사람들이 이 영상을 좋게 봐줬나 보네.’

딱 그 정도의 마음이었죠.

하지만 그러고 며칠 지나면서

20만… 50만… 80만…

조회수가 점점 더 올라가기 시작했습니다.

"여보, 이러다 100만 찍는 거 아냐?"

"에이, 설레발치지 마~."

아내는 조회수에 흥분한 제 마음을 눌러주었지만

그 말을 비웃듯

조회수는 더 치달아 올라갔습니다.

100만… 300만… 500만…

이젠 핸드폰을 넘어 일상생활에서도

반응이 오기 시작했습니다.

언론사의 연락이 빗발쳤고

DM도 폭발할 듯 밀려왔죠.

티브이에서나 보던 유명인들도

뮤직비디오 영상에 '좋아요'를 누르기 시작했습니다.

어느 순간부턴 겁이 나기 시작했습니다.

세상의 갑작스러운 관심에

제 마음도 이렇게 붕붕거리는데

아홉 살 노을이는 어떨까 하고요.

"아빠! 학교에서 나 지금 인기 되게 많대!"

"아… 그냥 노을이 반 친구들이 봤으니까 소문낸 거지.

그렇게 인기 많은 거 아냐."

"아냐! 나 조회수도 되게 많다던데?!"

"조회수? 뭐 한 5천 되나…?"

자칫하면 노을이가 지나치게

사람들의 인기를 신경 쓰게 될까 봐

애써 거짓말로 둘러댔습니다.

그런데 어느 순간부턴 도저히
통제 불가능한 상황이 되었습니다.
모든 학년의 친구들이 쉬는 시간마다 노을이에게 몰려들었고,
노을이는 길을 가다가도 사람들에게 붙잡혀
쉴 새 없이 사진을 찍히게 되었죠.

더 이상 거짓말이 통할 것 같지 않았습니다.
이제 와 모든 일을 되돌릴 수도 없었습니다.

무엇보다 염려가 되는 부분은
가뜩이나 주변 사람의 상황을 파악하는 것에 약한 아인데
갑자기 많은 사람의 사랑과 관심을 받게 되는 것이
오히려 나중에 사람을 사귈 때
악영향을 미칠까 하는 것이었습니다.

저희는 우선 노을이의 변화에 주목했어요.
노을이를 유심히 관찰했죠.
노을이는 정말 행복해했습니다.

사람들이 알아보고 환영해주는 이 순간을
진심으로 즐기고 있었습니다.
'이 순간도 어찌 보면 노을이에게 필요한 순간이 아닐까?'
인간관계에 있어 워낙 위축되었던 아이다 보니
지금과 같이 세상의 관심을 누리는 시간도
자신감을 가지는 데 도움이 될 수 있겠다는 생각이 들었습니다.

저희는 종종 노을이에게 지금의 상황을 설명해줍니다.
노을이가 지금의 상황을 최대한 즐기고
자신의 자아 형성에 긍정적인 요소로 받아들이되
이것이 무한히 지속될 거라는 기대나 희망을 가지면
노을이에게 좋지 않을 것 같아서요.

아빠로서 노을이를 향한 잔소리는
주로 이런 것들입니다.

"사람들이 노을이를 알아봐주고 반겨주는 걸,
진심으로 감사할 줄 알아야 해.

너에게 관심을 보이는 고마운 분들이기에
항상 감사하게 생각해야 해. 알겠지?
사진 찍고 나면 꼭 감사하다고 인사하고."

이 말은 사실 저에게도 해당하는 말입니다.
많은 분이 우리 부자에게 감사 인사를 보내주십니다.
좋은 음악을 만들어줘서 고맙다고.

그렇다 보니
'내가 정말 대단한 걸 만들었나 봐'
라는 착각에 빠질 때가 있습니다.
그런데 정말 제가 음악을 잘하는 사람이었다면
밴드 생활을 그렇게 마감하진 않았겠죠.

노을이라는 어린이가 가지고 있는 순수함,
봄이라는 시기성.
아들의 어려움을 돕고자 했던 제작 동기,
다른 사람이 만들어준 좋은 비트.

이 모든 게 합쳐져서 제가 다시는
이루지 못할 성취감을 느끼게 해주었다고 생각합니다.
별것 아닌 사람이
별거처럼 보이게 만들어준
주변 환경과 사람들에게
오히려 감사한 마음을 지녀야겠죠.

그 사랑을 흘려보내며 살아야겠다는 생각을
끊임없이 해봅니다.

그리고 우리는 늘 그랬듯
뭐가 됐든 행복하기 위해 놀고,
음악을 만들며 살아갈 거고요.

지금도 조회수는 오르는 중!
사람들이 노을이의 노래를 계속 찾아주는 모양이야.

✳ 세상이 널 잊더라도, 잊지 않을 사람들이 있어

공중에 동동 떠 있는 헬륨 풍선이 예뻐서
돈을 주고 풍선을 손에 쥐는 순간,
반드시 기억해야 하는 게 있습니다.

이 풍선의 헬륨은 머지않아 모두 빠진다는 것을요.

때가 되면 헬륨 풍선만의 특별함은
사라진 채 축 늘어질 거고,
시간이 더 흐르면 공기마저 모두 빠져
웬 비닐 조각이 귀찮게 방에 굴러다닐 겁니다.
손에 쥔다고 모두 가질 수 없는 것이

우리가 사는 삶의 이치기에
우리는 모든 만남 앞에서 이별을 준비해야 하죠.

노을이도 반드시 그런 시간을 맞이할 것입니다.

길거리에 나가면 사람들이
같이 사진을 찍자며 말을 걸고
노을이의 손짓 하나에 모두가 반겨주는
누군가는 상상 속에서만 일어나는 일들을
노을이는 현재형으로 겪고 있습니다.

그러나 이런 반응도 언젠간 사라질 겁니다.
그때 어쩌면 노을이는 놀이동산에
혼자 남겨진 것 같은 기분이 들지도 모르죠.

이 기분은 제가
밴드 시절에 느꼈던 감정이기도 합니다.
무대에서 사람들의 환호와 동경의 시선을 받다가

원룸 문을 열고 들어와 집 현관에 우뚝 선 순간,
그 환호가 모두 한순간에 사라지고
형광등 소리와 시계 초침 소리만 들리며
견디기 어려운 공허함과 외로움이 찾아옵니다.

늘 접하는 고요지만, 공연을 막 마친 사람에게는
그 낙차가 만들어내는 공포감이 상당합니다.
노을이는 아직 아이인 만큼
충격이 더 클 거라고 생각했습니다.

"노을아, 지금은 밖에 나가면 사람들이 알아보지?
그런데 언젠간 노을이를 잊게 될 거야."

한산한 휴게소에 차를 대고
나란히 앉은 채 노을이에게 그렇게 말했습니다.
당연히 노을이는 화들짝 놀랐죠.

"왜?!"

"사람들이 노을이를 항상 기억할 순 없어.

새로운 사람, 새로운 음악을 마주하다 보면

예전에 알던 사람은 잊을 수밖에 없어.

그때가 온다면, 거리에 나가도

더 이상 사람들이 노을이를 알아보지 못할 거야."

"그러면 좀 슬플 것 같아."

"그런데 노을아, 사실 그건 별일 아냐.

우리의 원래 삶으로 돌아가는 것뿐이야."

그래도 노을이는 어딘가 시무룩한 표정이었습니다.

"노을아. 대신 노을이를

평생 기억하는 사람들이 있어. 그게 누굴까?"

"글쎄."

"우리 가족. 우리 가족은 노을이를 잊어버리지 않겠지?

그리고? 또 누가 있을까?"

"우리 반 친구들!"

"맞아. 반 친구들은 노을이를 안 잊어버릴 거야."

세상 모든 게 사라질지라도

그래도 변치 않는 무언가는 있다고 알려주고 싶었습니다.

“그래도 지금 노을이를 사랑해주는 사람들은

정말 고마운 사람들이지?”

“응.”

“그 사람들에게 고마운 마음을 가져야 해.

그리고 우리가 받은 사랑을 어떻게 해야 해?”

“흘려보내야 해.”

CITY

평소 노을이에게 가르쳤던 단어가

노을이 입에서 나왔습니다.

사실 이 말의 뜻을 노을이가 정확히

이해하고 있을지는 모르겠습니다.

아이가 상처받지 않기를 바라는

아빠의 욕심이죠.

언젠가 저 단어의 의미를 자연스레 이해하리라 생각합니다.

"그래, 그거면 돼."

부모들은 아이를 처음 마주할 때

'너에게 세상 모든 걸 다 줄게' 라고 약속합니다.

그런데 우리는 알고 있죠.

세상은 절대 우리의 모든 욕심을 채워줄 수 없다는 걸요.

채워지지 않을 욕심을 채우기 위해

부지런히 아이에게 과실을 가져다주는 것도 좋지만,

그 욕심이 만들어내는 공허함과 어떻게 마주할지

가르쳐주는 게 더 중요하단 생각을 해봅니다.

높이 올라가는 것도 삶의 방법이지만

넓은 곳을 누비는 것도 삶의 방법이니까요.

여보세요?

②

아, 노을이 아버님이시죠?
노을이가 잠바를 놓고 가서요
아, 네네! 다음에
찾으러 가겠습니다!

③

빵구야!
잠바를 놓고 오냐?

④

아빠도 맨날
뭐 놓고 오잖아!

실제로 이날 아빠는

촬영장에 마이크를 놓고 왔다

2부

나는 서른다섯 차성진,
차노을의 아빠

* 빠른 결혼, 세 아이, 그리고 음악

요즘 아이를 안 낳거나 늦게 낳는 추세라서 그런지,

30대 초중반의 학부모는 꽤 드문 것 같아요.

그래서 많은 분이 호기심에 질문하고 싶어 하지만

대부분 흐려지는 말끝과 표정으로

그 궁금증을 대신하곤 합니다.

뭐 그 질문이란 건

도로교통법의 규정 속도보다

조금 더 빠르게 달린 건 아닌지

그 결과물이 노을이가 아닌지 하는 것들이죠.

이런 말을 듣다 보면 가끔은 웃음이 나오기도 합니다.

결론부터 말하자면, 아닙니다.

저는 결혼을 아주 일찍 했거든요.

2012년 4월 28일 스물네 살이 되던 해,

만으로 23세에 결혼했습니다.

친구 중에서도 단연 빠른 결혼이었고

덕분에 아내와 저는 주변인들의 호기심과 설렘이 섞인

큰 축하를 받았어요.

결혼을 워낙 일찍 한 탓에

충분한 신혼 기간을 가졌음에도, 노을이가 태어났을 때

제 나이는 불과 스물여덟 살이었습니다.

그리고 3년 후 둘째 새벽이가

그리고 또 4년 후에 셋째 하루가 태어났죠.

그렇게 노래 가사처럼 우리 가족이 완성되었습니다.

'나는 서른다섯 차성진, 차노을의 아빠

딸린 애가 셋이라 먹고사는 게 바빠'

저는 본의 아니게 주변 사람들에게

질문을 자아내는 삶을 사는 것 같습니다.

아마 제 삶의 방식이나 선택들이

남들과 조금 달랐기 때문이겠죠.

- 결혼은 왜 그렇게 일찍 하게 된 거예요?

- 원래 음악이 직업이었어요?

- 어떻게 애를 셋이나 낳을 생각을 했어요?

- 머리는 왜 기르는 거예요?

- 정말 직업이 목사님이에요?

그래서 이제부터 조금 남달랐던

제 삶의 궤적을 이야기해보려 합니다.

엄마는 왜 아빠랑 결혼했어?

✳

솔직히 고백합니다.
금수저 출신입니다

저는 풍요로운 가정에서 자라지 못했습니다.

부모님 모두 어려운 환경에서 태어나셨고

열심히 노력하신 덕에 극심한 가난을 면했지만

유복한 생활과는 거리가 멀었죠.

지방, 소도시, 영세한 아파트….

이것이 저의 어린 시절이었습니다.

흔히 좋은 양육을 위해 필요하다고 생각하는

좋은 학교, 해외 경험, 사교육, 풍부한 체험 활동.

이 모든 건 저에게 먼 이야기였습니다.

그렇다고 불행했느냐고 누가 묻는다면

절대 아니라고 말하고 싶어요.

제 어린 시절은 누구보다 만족스러웠거든요.

예를 들면 이런 일들이 있었습니다.

학창 시절 시험 기간이 다가오면

부모님의 압박이 시작되었습니다.

약속한 수준 이상의 점수를 받아야 한다거나

성적이 떨어지면 안 된다는 식의 압박은 아니었어요.

"빨리 자라!"

밤새워 공부하려고 하면

부모님은 빨리 자라고 재촉하셨습니다.

저는 항상 시험기간이 닥쳐야 공부를 시작하는

흔히 말하는 벼락치기 타입이었거든요.

시험 때마다 제우스처럼 벼락을 쳐댔죠.

그렇기에 자연스레 늦게까지 공부하기 마련인데
부모님은 그걸 용납하지 않으셨습니다.

"어차피 그동안 공부를 잘했으면
시험도 잘 볼 것이고,
안 했다면 지금 용쓴다고 크게 달라질 것 없다.
그러니 건강이나 챙겨라."

이것이 바로 부모님의 지론이었죠.

두 분은 저에게 그 어떤 것도 강요하지 않으셨습니다.
중학교와 고등학교를 선택할 때,
대학입시를 준비할 때, 진로를 정할 때,
방과 후 시간을 활용할 때조차
부모님은 아무런 말씀도 하지 않으셨습니다.
남들 눈에는 제 부모님이 무심해 보였을 거예요.

하지만 부모가 되어 보니 알겠더군요.

계획된 방임이야말로 최고의 양육이라는 걸.

실패할 것 같아도 지켜봐주고,

힘들어 보이는 길을 선택하더라도

그 선택을 존중하는 것.

실수를 피하도록 정답을 알려주고 싶은 마음을 꾹 참는 것.

부모님은 매 순간 당신들의 판단보다는

저의 판단을 존중하고 지켜봐주셨습니다.

그래서 저는 모든 걸 스스로 결정하고

모든 걸 스스로 책임졌습니다.

학창 시절엔 게임에 빠져보기도 하고

음악에 몰두해보기도 하고

때로는 공부에 집중하기도 했죠.

그 결과, 저는 제 자신을 알게 되었습니다.

무엇에 강하고 약한지

이런 선택을 하면 어떤 대가를 치러야 하는지

또 다른 선택을 하면 어떤 열매를 얻을 수 있는지
스스로 터득할 수 있었습니다.

'앞으로 뭐 하지? 내가 뭘 좋아하지?'
제 또래들이 습관처럼 달고 사는 이런 고민을
저는 단 한 번도 해본 적이 없습니다.
제 머릿속엔 늘 하고 싶은 일이 가득했거든요.
아이 셋을 가진 지금도 마찬가지입니다.

어려서부터 모든 것을 결정할 수 있도록
'존중' 받으며 자랐던 것….
그게 바로 제 어린 시절이
만족스러웠던 이유입니다.
그래서 저는, 금수저입니다.

노을아, 너도 금수저로 키워 줄게.
아빠 믿지?

열아홉 살,
내가 원한 경쟁만 하기로 했다

“저는 ○○대학교에 가려고요.”

“뭐? 왜?”

“… 집에서 가까워서요.”

담임 선생님은 할 말이 많으신 듯했지만
저의 덤덤한 표정과 말투에 할 말을 잃으셨습니다.
고1부터 고3 때까지 3년 동안 담임이셨기에
제 똥고집을 잘 알고 계셨을 겁니다.

“아니… 하… 그래….”

그렇게 저는 제가 다닐 학교를 결정했습니다.

공부를 엄청나게 잘했던 건 아니지만
소위 인서울 대학에 갈 정도의 성적은 꾸준히 냈습니다.
그런데 지방대를 선택한 제 결정이
선생님 입장에서는 많이 안타까우셨겠죠.

결국 나중에 수석 입학 합격증을
담임 선생님께 보여드렸을 때

"야, 인마! 넌 당연히 수석이었지! 아유….
그래도 잘해, 인마. 너는 뭐든 할겨"
라고 응원해주셨던 김범진 선생님의 따뜻한 말씀은
절대 잊지 못합니다.

지방대를 선택한 이유는 대단하지 않습니다.
서울까지 학교를 다니는 일이 부담이었고
당시 가정 형편도 어려워서 장학금이 필요했죠.
그 학교에서는 주전공 외에 실용음악을
복수전공할 수 있다는 점도

제게는 꽤 매력적이었습니다.

이 정도면 학교 선택에
충분한 이유가 된다고 생각했어요.

그 결정을 했을 때는 몰랐지만
오히려 시간이 지날수록 내가 얼마나 한국 사회와
다른 선택을 했는지 깨달았습니다.

한국 사회에는 '학벌주의'가 있고
그 학벌주의에 적응하기 위해
태교 때부터 영어 노래를 듣고
초등학생을 '의대 입시반'에 보내기도 하니까요.
그럼에도 그런 결정을 한 것이
제 삶의 궤적이 남달라 보이는 이유인 듯합니다.

대입 경쟁은 제가 참여하고 싶은 경쟁이 아니었어요.
대학교 이름으로 나를 증명하고 싶지 않았고

어디에서든 내가 나답게 존재한다면
그것만으로 충분하다고 생각했거든요.

그렇게 저는 '대학' 이라는 경쟁에서 한발 물러났습니다.
'제가 원하지 않는 경쟁' 으로부터의 자유였죠.
어릴 때부터 부모님께 존중받았던 덕에 내릴 수 있었던
결정이었습니다.

'경쟁 사회' 라고 다들 개탄하듯 말합니다.
끊임없는 경쟁 속에서 우리가 살아가고 있다고요.
물론 사람들이 살아가는 곳에 경쟁이 없을 수는 없겠죠.
사람은 항상 많은데, 모두가 원하는 것은 항상 모자라니까요.

그래서 우리는 살아가면서 많은 경쟁을 강요받습니다.
부모가 자녀에게 하는 여러 가지 강요에는
그 경쟁에 동참하라는 것도 포함되어 있죠.
"더 좋은 대학에 가야 해."
"남자 나이 마흔이면 이런 차는 끌어야지."

"이런 브랜드 가방을 메는 건 자존심 상하지."

나중엔 무언가를 원하면서도
정말 내가 이걸 원하는지, 아니면 단지
남들이 만든 기준에 맞추려는 건지 헷갈리기도 합니다.
그래서 저는 제 삶이 참 편안했어요.

지방대를 나왔고, 집이 부유하지 않았습니다.
오래된 차를 몰고, 좁은 집에서 살았습니다.
명품 시계나 좋은 유모차도 없었지만
그것들은 제 삶에 큰 영향을 주지 않았습니다.
모두 제가 원하지 않는 경쟁이었으니까요.

대신 그 경쟁에 들어갈 모든 힘과 에너지를 아껴
제가 동의하는 경쟁에만 몰두해서 쓸 수 있었어요.
나라는 사람을 얼마나 더 잘 아는지
자녀를 얼마나 더 존중하는지
'미안하다', '고맙다' 라는 말을 얼마나 더 잘하는지.

저는 이런 경쟁들 앞에서 온 힘을 다해 질주합니다.

그 시간이 쌓여 어느새

대체 불가능한 저만의 삶이 만들어졌다고 생각해요.

그 덕분에 저는 지금도

제 선택을 당당하게 여기며 살아갑니다.

노을이가 하고 싶은 일, 소중히 여기는 것들,

그게 진짜 네 삶을 빛나게 할 거야.

✱ 그냥 해봤더니,
나만의 색깔을 찾았다!

제 삶의 특징이라면
'그냥 좋아서' 하는 일이 많았다는 겁니다.

어떤 일이 제 미래에 어떤 영향을 미칠지
고민하기보다는, 그저 좋아 보이면 일단 해봤습니다.

노을이와 〈happy〉 영상을 만든 것도
같은 원동력이었어요.
그냥, 재밌을 것 같았거든요.

제 삶은 그런 즉흥적인 선택의 연속이었습니다.

초등학교 6학년 때부터 드럼을 배우기 시작했어요.
그때는 지금처럼 실용음악 학원이 흔하지 않았습니다.
그냥 지하 연습실에서 공연하는 밴드를 찾아가
무턱대고 "드럼 배우고 싶어요"라고 말했죠.

드럼을 배우는 동안에도
피아노, 기타 같은 다른 악기에도 관심을 가졌습니다.
그럴 때마다 "왜 하나에 집중하지 못하냐?"라는
핀잔을 듣기 일쑤였죠.
저는 그냥 여러 악기를 만지는 게 좋았을 뿐인데요.

덕분에 음악을 폭넓게 이해하는 법을 배웠고
지금도 어떤 악기든 손에 쥐기만 하면 척척 연주해냅니다.

대학교에서 복수전공으로 실용음악과를 선택하면서
전공 악기도 함께 정해야 했는데요.
많이들 선택하는 피아노, 기타, 드럼이 아닌
'퍼커션'이라는 악기를 선택했죠.

간단히 설명하자면,

퍼커션은 쿠바, 브라질, 아프리카 등지에서 사용하는

다양한 타악기를 다룹니다.

저 역시 낯선 악기였던지라

복수전공 오디션 준비를 위해

악기를 새로 구입하고 몇 달간 연습에 매진했습니다.

저는 이 낯선 악기가 좋았거든요.

주변에서는 흔치 않은 악기를 왜 하냐며 말렸지만

그 덕분에 많은 연주 기회를 얻었고

음악에 대한 이해도 깊어졌습니다.

이런 도전적인 삶의 태도는 결혼 후에도

대학교수가 된 후에도 이어졌습니다.

앞서 첫 강의 때마다 '랩 뮤직비디오'를 만들어

보여줬다고 했죠.

굳이 교수가 랩을 할 이유도

뮤직비디오를 만들 이유도 없었죠.

주변에서도 괜한 짓을 한다고 말하는 분들도 있었고

때로는 저도 '너무 오버하는 건가?' 하는 생각도 들었습니다.

그렇지만 저는 하고 싶었습니다.

재미있었으니까요.

비트를 찾고, 가사를 쓰고, 랩을 하고, 영상을 만들고

그 결과물을 내놓는 과정이 말이에요.

결국 이런 경험들이 쌓여 노을이의 ⟨happy⟩로 이어졌습니다.

'무언가를 좋아한다' 라는 건

나만이 가질 수 있는 특수한 감각이라고 생각해요.

세상에 나와 완벽히 같은 취향을 가진 사람은 없으니까요.

그 특별한 감각에 귀 기울이며

제 삶을 따라가다 보니

어느새 저는 쉽게 대체될 수 없는 사람이 되어 있었습니다.
남들과는 다른, 저만의 아이덴티티를 가질 수 있었고
어떤 일을 하더라도 저만의 방식으로 해낼 수 있었습니다.

그래서 여러분께 이렇게 말씀드리고 싶어요.
좋아하는 일이 있다면 당장 시도해보시라고요.
스마트폰을 들고 영상을 찍든
학원에 등록하든, 유튜브 영상을 보고
그대로 따라 하든 상관없습니다.

여러분의 나이나 상황에 상관없이, 가슴이 뛴다면
그 소리에 응답해보라고 말하고 싶어요.

'그렇게 해야 성공할 수 있다' 라거나
'먹고살 수 있을 만큼의 돈을 벌 수 있다' 와
같은 장담은 할 수 없습니다.
결국 모든 일에는 우리가 어찌할 수 없는
시장의 논리가 적용되니까요.

하지만, 자신만의 소리에 귀 기울인 그 경험은

'대체할 수 없는 나'를 만들어줄 거예요.

때로는 같은 일이 주어져도

나만의 방식으로 해나가는 스스로를 보며

기쁨을 느끼기도 할 겁니다.

아빠, 나도 그냥 해보면서 나만의 색깔을 찾을 거야.

오늘은… 케이크 만들기!

✷

단점 덕분에 찾은 나의 특별함

자, 여러분.

혹시 저를 만나 제 차를 탈 일이 있다면

마음의 준비를 하셔야 합니다.

차 시트 위에 놓여 있는 불필요한 짐을

미리 치우지 않아 "잠시만요!"를 외치며

여러분을 기다리게 한 채 부랴부랴 정리를 할 테니까요.

그렇게 한참을 기다린 후

차에 타 보면 바닥에는 쓰레기와 우산,

정체를 알 수 없는 상자들이 어지럽게 널려 있어

발 디딜 곳부터 찾아야 할지도 모릅니다.
결국 갑갑함을 이기지 못한
여러분이 "차 좀 청소해라!" 하고 핀잔을 줘 봐야
저는 "곧 할 거야"라는
별 의미 없는 대답을 할 겁니다.

이렇게 저는 단점이 참 많은 사람입니다.
청소도 잘 안 하고, 정리 정돈에 별로 관심이 없죠.
실질적인 불편을 느끼기 전까지는
행동에 옮기지 않습니다.

지금도 이런데, 어린 시절에는 어땠겠어요?
소지품도 자주 잃어버렸고
티셔츠에는 항상 무언가를 흘린 자국이 있었으며
책상과 사물함은 늘 어질러져 있었습니다.

'책상만 봐도 그 사람의 됨됨이를 알 수 있다'
라는 말 때문에 저는 늘 문제아로 여겨졌습니다.

다른 아이보다 월등히 잘하는 구석이 있어도

"그런데 너는 청소도 못 하잖아"

라는 놀림을 피할 수 없었죠.

그런데 성인이 되고 나니

생각보다 제가 그리 못난 사람이 아니라는 걸 알았습니다.

저 같은 사람들이 꽤 많다는 사실을 깨달았거든요.

편의점에서 파는 저렴한 비닐우산은

우산을 자주 잃어버리는 사람들을 위해 만들어진 거고

일정을 잊어버리는 사람들을 위해

이제는 공공 서비스가 알림을 주기도 합니다.

또 사람과 성격에 대해서 공부하다 보니

대부분의 단점이 장점의 뒷면이라는 걸 알게 되었습니다.

건망증이 심하다는 건

좋아하는 일에 집중을 많이 하기 때문이고

청소를 귀찮아한다는 건

기존의 상태를 지속하기보단
창의력 발휘에 강한 성격이라는 거죠.

물론, 이런 사실을 다른 사람에게
피해를 주는 핑계로 삼아서는 안 되겠지만,
이런 단점들은 나의 소중함을 파악할 수 있는
아주 좋은 단서가 되었습니다.

이런 사실들을 받아들이고 나니
저의 가치를 더 잘 이해하게 되었습니다.
지금의 저를 만든 많은 단점이
제가 가진 장점을 얻기 위한 비용이라 생각하니
그것도 나쁘지 않더군요.

다 같이 생각을 한번 전환해보자고요.

혹시 사람들에게 쉽게 말을 못 거시나요?
인간관계에서 신중하신 거겠죠.

저는 쉽게 이런저런 말을 많이 하는 편이라
말실수할 때가 많거든요.
아이디어를 쉽게 떠올리지 못하시나요?
새로운 생각보다는 기존의 생각을 차분히 정리하는 데
더 특화된 분일 수도 있습니다.
(제가 정말 취약한 분야입니다.
저는 그 부분에서 항상 개선이 필요하고요. 하하!)

남들 앞에 설 때 많이 긴장하시나요?
박수 받기보다 박수 쳐주시는 걸 잘하시겠네요.
사람들에게 더 사랑받는 사람은
의외로 후자인 경우가 많더라고요.

긴장하거나 두려워하는 순간도 사실
우리를 더 인간답게 만들어주는 요소일 수 있어요.
그렇기에 자신의 강점과 약점을 모두 받아들이고
있는 그대로의 나를 사랑하는 태도가 중요하죠.
우리는 우리 자체로 소중하니까요.

아빠는 세상 누구도 가질 수 없는
노을이의 특별함을 늘 응원한다!

✱

포기한 꿈이 다시 피어날 때

제가 처음으로 티브이에 출연했던 건
지금은 폐지된 KBS의 프로그램 '도전! 골든벨'이었어요.
그때는 스마트폰도, 인터넷 매체도
지금처럼 활발하지 않았기에
방송의 영향력은 지금보다 훨씬 컸습니다.

어린 시절부터 상식 퀴즈 푸는 걸 좋아했던
저는 골든벨을 빼놓지 않고 챙겨봤습니다.
골든벨에 출연하는 상상도 종종 했고요.

그런 저에게, 고등학교 1학년 때 행운이 찾아왔습니다.

저희 학교에서 골든벨 녹화를 하게 된 거죠.

학교 공부보다도
골든벨 연습 문제 풀이에 더 매진했습니다.
드디어 학교에서 선수 선발전이 열렸고
당당히 합격해서 방송에 출연할 수 있었습니다.

그런데 저는 5번 문제에서 떨어졌습니다.
아니, 잠깐만요.
여기서 억울한 부분이 있어요.
제 이야기를 좀 들어보세요.

문제가 '이순신 장군이 소통을 위해 띄운 것은?' 이었는데
정답은 '연' 이었거든요?
그때까지만도 이순신 장군이 연을 띄웠다는 사실을
몰랐습니다. 이건 제 잘못이 맞죠.

하지만 도전 골든벨의 하이라이트 있잖습니까?

바로 패자부활전!

학교 선생님들이 탈락자 중에서
부활할 인원을 뽑는 게임을 시작했는데
부활 확률이 무려 80퍼센트였습니다.

그리고 교장 선생님께서 탈락한 학생들의
번호가 쓰여진 공을 하나씩 뽑기 시작했어요.
조마조마 마음을 졸이며 기다렸죠.

제 번호는 끝까지 불리지 않더군요.
녹화는 아무 일 없다는 듯이 다시 시작됐고요.

세상이 무너진 기분이었습니다.
심지어 우리 학교는 당시 48번 문제에서 탈락했는데
저는 그때까지 모든 답을 다 알고 있었거든요.

버스를 타고 아쉬운 마음으로 집에 왔는데

"잘했니?"라며 어깨를 두드리는 엄마의 손길에
한참을 울고 말았습니다.

그 후로 한 번도 도전 골든벨을 본 적이 없습니다.
심지어 식당에서 골든벨이 나오면
다른 식당으로 옮길 정도였죠.
그때의 아쉬움이 너무 생생히 기억나서요.

갑자기 왜 골든벨 이야기를 이렇게 길게 했냐면
이루지 못한 꿈의 무서움을 알기 때문이에요.

24살에 밴드를 결성하고 활동하면서
'이 밴드를 통해 스타가 되고 싶다' 라는
꿈을 품게 되었습니다.
4년 동안 정말 열심히 밴드 활동에 임했죠.
그러면서도 마음 한편으로는 계속 두려웠어요.
이 꿈 또한 마치 골든벨처럼
좌절된 꿈으로 남아 가슴속에서 부패해버릴까 봐요.

다행히 밴드는 꽤 순항했습니다.

(혹시 '여울비' 라는 밴드를 아시나요?

제가 했던 밴드의 이름입니다.)

홍대 공연장 오디션을 전전하며 바닥부터 출발했지만

좋은 대회에서 여러 번 상을 받았고

많진 않지만, 고정 팬층도 생겼죠.

공연이 끝나면 관계자분들께 호평을 듣기도 했습니다.

그런데도 소위 말하는 '성공' 의 단계까지는

아득히 멀어 보였습니다.

'노래도 좋고, 보컬도 잘하고, 공연 멘트도 좋은데

왜 우리는 성공하지 못할까?'

성공의 징조는 여러 차례 보였습니다.

그런데 마치 나올 듯 말 듯

나오지 않는 재채기처럼

시원한 한 방이 터지지 않았죠.

그러던 중, 저는 군에 입대하게 되었습니다.

'우리는 다시 모여서 밴드를 계속한다'

이렇게 말은 했지만, 결국 밴드는 해체되고 말았습니다.

조금씩 쌓여온 오해로 감정의 골이 깊어지고

각자 삶의 무게가 더해지면서

밴드 활동을 지속할 수 없게 된 것이죠.

새로 밴드 멤버를 모아도 봤지만,

이제는 과거와 달리 책임져야 할 식구들도 생기고

더 이상 예전처럼 시간 내기 어려웠습니다.

골든벨 때처럼 마음이 아프진 않았지만

결국엔 이루지 못한 꿈으로 남게 되어

입맛이 씁쓸해지는 것은 어쩔 수 없었습니다.

그렇게 누구나 한 번쯤 품었던 꿈.

그리고 후회 없이 달렸던 꿈으로

음악에 대한 기억이 남았습니다.

다만, 이사할 때마다 집에 있는 전자피아노를
물끄러미 바라보며 고민하게 되었죠.
'이젠 녹음할 일도 없는데, 치워버릴까?'
끝내 치우지 못한 피아노는,
'괜찮다' 라고 저 대신 말하고 있었는지도 모릅니다.

그렇게 꿈이 완벽하게 내 마음의 바닥으로
잠잠히 가라앉았을 때쯤,
노을이의 〈happy〉가 주목을 받았습니다.

잊었다고 생각했던 열정이
다시 불타오르기 시작했습니다.

다시 건반을 꺼내게 되었고
다시 곡과 가사를 쓰게 되었으며
다시 밤을 새워 작업을 했죠.
이전과 달라진 점이라면
우리 음악을 들어주고 기다리는 사람들이

훨씬 많아졌다는 겁니다.

전에는 텅 빈 객석에서 공연할 때가 많았지만

이제는 오픈 3일 만에 티켓이 매진되는 상황이 되었죠.

지금의 상황이 참 신기합니다.

그래서 노을이한테 종종 이야기하죠.

"노을아, 고마워."

"왜?"

"노을이가 아니었으면, 누구도 아빠의 음악을

듣지 않았을 거야."

"나 때문에 이렇게 된 거야?"

"음…. 그때는 '덕분에'가 맞는 거야."

✷ 한 편의 영상이 바꾼 우리 가족의 이야기

결혼하고 가족이 생기면, 누구나 자연스레

생계를 책임져야 한다는 압박을 느끼게 되죠.

그 책임감은 사람을 성숙하게 만들기도 하지만,

때론 남몰래 울게 만들기도 합니다.

저는 늘 수익이

일정하지 않은 삶을 살았습니다.

군대에 가기 전에는 밴드 활동과

프리랜서 악기 강사로 지냈고

군 전역 이후에도 유랑하는 삶을 지속했습니다.

때로는 책을 써서 인세를 받기도 했고
유튜브나 강연으로 수익을 얻고는 했죠.
잘 벌 땐 여유롭게 살기도 했지만
조금이라도 위기가 찾아오면 두려움에 떨어야 했습니다.
'길바닥에 나앉게 생겼다' 라는 말이
제게는 아주 비유적인 표현만은 아니었습니다.

올해 초봄이 유달리 가혹했죠.
고정적인 수입을 주던 곳마저 일이 끊기면서
3월부터 가계에 본격적인 타격이 오기 시작했습니다.
아내와 마주 앉아 계산기를 두들겨 보니
앞으로 매달 최소 50만 원의 적자가
확정된 상황이었습니다.

"일단 새벽이 미술학원을 그만두게 해야겠는데?"
"그런데 새벽이가 미술을 워낙 좋아해서…."
"나도 알지. 하지만 지금은 하고 싶다고 다 할 수 있는
상황이 아니잖아."

괜히 아내에게 날선 말을 하고
혼자 남은 방에서 고민에 잠겼습니다.

안정적인 삶을 사는 방법이 없었던 건 아닙니다.
저는 제 방식으로 가족의 생계를 꾸려가고 싶었습니다.
그런데 그 고집이 때로는 집단의 미움을 사기도 했고
결국 가족의 생계 위기로 이어지자
세상이 내 삶의 방식이 틀렸다고 말하는 듯 했습니다.

'내가 그동안 잘못 살았나….'

그동안 잘못 산 게 아니라 하더라도
당장은 내 삶을 바꿔야 할 필요가 있었습니다.

'이거라도 해볼까….'
스마트폰을 열어 배달 알바 앱을 다운받았습니다.
개인 인증을 하고 기사 등록을 누르고…
그 와중에 왈칵 눈물이 차올랐습니다.

네, 주책맞죠.

누군가는 이 일을 업으로 삼고 계시지만
배달 알바가 싫어서라기보다
그동안 내 삶이 잘못되었다는 걸 인정하는 것 같아
눈물을 닦으며 계속 등록을 진행했습니다.

이제는 웃으면서
말할 수 있는 이야기가 되었지만요.

지금은 〈happy〉의 화제로 큰돈은 아니지만,
적어도 알바를 하지 않아도 될 정도는 되었습니다.
한숨 돌릴 수 있는 여유가 생긴 것이죠.

"아빠의 삶은 틀리지 않았어."

노래하는 노을이의 모습은
마치 저에게 이렇게 말하는 것 같습니다.

우리 팀워크, 세계 최강이지?
노을이랑 아빠, 언제나 한 팀!
세상 어디든 함께 갈 거야!

①

혹시 노을이 아니에요?
아 네네!
맞습니다!
아이구, 알아봐주셔서 감사합니다

노을이랑 사진 하나 찍어도 괜찮을까요?
아이구 얼마든지요

③

사실 이런 상황은 언제 겪어도
감사하고 영광스러운 순간입니다
찰칵
와! 노을아 고마워!
감사합니다!

④

길에서 누군가를 알아보고 인사를 건넨다는 게
적잖은 용기가 필요하다는 걸 알거든요
감사합니다
아유 저희가 감사하지요

⑤
그런데 곤란할 때는 이런 경우입니다
어? 차노을 아냐?
맞지? 차노을이지?
그치그치?
걔 있잖아.
나는 2학년 차노을
⑥
맞잖아 맞잖아
나 인스타 팔로우하잖아
차노을이다
저번에 광고 찍지 않았어?
오 차노을 차노을
차노을 맞지?
나 TV에서도 봤어
⑦
먼저 가서 '맞아요!' 해야하나?
왜 사진 찍으러 안 오냐고 해야하나
나댄다고 생각하면 어떡하지?
가만있어야 하나?
무시한다고 생각하면 어떡하지?
⑧
이럴 땐 어떡해야 할까요? ㅠㅠ

3부

다투고, 풀고, 더 단단해지는 우리

단호한 사랑

노을이와 함께 거리를 걸으면 많은 분들이
아이를 반갑게 맞아주시고
때론 사진 촬영도 요청하십니다.
부모로서 이러한 관심이 감사하기도 하면서
동시에 노을이가 스스로 노력해서 얻은
사랑이 아니다 보니, 쉽게 얻는 사랑에 익숙해지면서
버릇이 없어질까 염려도 됩니다.

하루는 청주에 일정이 있어 이동하던 중이었습니다.
차 안에서 깜빡 잠이 든 노을이는
잠투정으로 잔뜩 심통이 나 있었죠.

도착지에서 반가워해주시는 분들이 많았지만
노을이는 내내 뚱한 표정을 짓고 있었습니다.
'그래, 잠이 덜 깼으니 그럴 수도 있지'
하고 넘기려 했지만,
촬영이 시작되자 점점 짜증 섞인 말을 하더군요.

"노을아, 여기로 걸어오면서 카메라 보고 인사하면 돼."
"그렇게 계속 하루 종일 걷기만 하겠네."

순간 마음이 철렁했죠.

즉시 "노을! 그런 말하면 안 돼. 어려운 부분이 있으면
정확히 말해야지, 그건 그냥 버릇없이 말하는 거잖아"
하고 바로잡았지만,
노을이의 태도는 좀처럼 나아지지 않았습니다.

마침내 저는 현장의 제작진들께
죄송한 마음으로 말씀드렸습니다.

"오늘 촬영은 여기까지 해야 할 것 같습니다.
교육상으로도 그렇고, 이 상태로 계속 진행하기가
어려워서요. 죄송합니다.
오늘 발생한 비용과
추가 촬영 비용은 제가 책임지겠습니다."

그 말에 노을이는 깜짝 놀랐습니다.
아빠가 이렇게까지 단호하게 나올 줄은 몰랐던 거죠.
노을이는 울고불고 난리가 났습니다.

"아빠! 나 할 거야! 할 거야!"
"아니야. 이런 태도로는 아무것도 하면 안 돼."
"아니야, 짜증 안 낼게!"

다시 주변에 양해를 구하고 단둘이서 대화를 나누었죠.

"노을아. 네가 사람들한테 짜증 내는 걸 당연하게
생각하면 차라리 촬영을 하지 않는 게 좋을 것 같아.

여기 있는 분들 봐.

너를 화면에 멋지게 담아주려고 다 함께 힘쓰고 계신 거야.

그러면 같은 말을 하더라도 어떻게 해야 할까?

짜증을 내도 될까?"

노을이는 제 말에 고개를 저었고

그 뒤로는 짜증 없이 촬영에 임했습니다.

점점 기분도 밝아지더니

촬영을 마칠 때쯤엔 활짝 웃고 있더군요.

저는 항상 노을이에게 주변에

감사하는 마음을 잊지 말도록 교육합니다.

일부러 노을이에게 음악 편집 과정을 보여주죠.

"네가 녹음한 거 아빠가 후반작업 많이 하지?

아빠뿐만 아니라 많은 사람이

노을이의 랩을 듣기 좋게 만들어주기 때문에

노을이가 사랑받는 거야.

우리는 우리가 한 것에 비해 많은 사랑을 받고 있어.
항상 주변에 감사해야 해."

그리고 조금 지나칠 수 있을 정도로
현실적인 이야기도 합니다.

"노을아, 우리는 언젠가 잊힐 거야.
새로운 음악과 사람들이 나오면
지금처럼 사람들이 너를 알아보지 않게 될 거야.
그러니까 이 순간을 소중히 여기고 감사하자."

부모로서 저도 깊이 고민하게 됩니다.
노을이가 주변 사람들의 사랑에 기대기보다는
그 사랑에 보답할 수 있는 마음을 가지길 바라거든요.
물론 쉬운 사랑에 익숙해지지 않게
그 속에서 오히려 감사하는 마음과
타인을 배려하는 법을 익힐 수 있도록
도와주는 게 바로 제 일이겠죠.

노을이, 카메라 뒤에서 이렇게 진지할 줄이야!

*

상처와 사랑,
그 사이에서

"여보, 나 더 못 하겠어."

아내는 일주일 만에 포기를 선언했습니다.

"그래, 괜찮아. 수고했어. 내가 혼자 해도 괜찮아."

제가 아내에게 부탁한 일은
'악플 삭제'였습니다.

노을이의 〈happy〉가 한창 유행일 때
하루에 거의 500개 가까운 댓글이 매일 달렸습니다.

그 많은 댓글 중에 악플이 한두 개 섞여 있는 것은
어찌 보면 인터넷 환경에서는 지극히 당연한 일이었죠.

혹시라도 노을이가 볼까 봐
(노을이의 SNS 접근은 원천 차단하고 있습니다.)
아니면 친구들이 보고 놀림거리가 되진 않을까
걱정돼 부지런히 악플을 삭제했습니다.

그러다 혼자 하기엔 일이 버거워 아내에게 부탁했는데
아내는 몇몇 못된 댓글로 마음의 상처를 받고 말았습니다.

그 외에도 감당해야 할 일은 많습니다.

모르는 사람이 갑자기 카메라를 들이대며
"노을아! 카메라 보고 ○○식당 맛있어요, 한 번만 해봐!"
하는 일도 종종 있었고요.

거절하면 이게 어떤 후환으로 다가올지 몰라

속으로 전전긍긍해야 합니다.

노을이를 혼자 학원으로 학교로 보낼 때면
혹시 이동 중에 이상한 사람이 오진 않을까
아니면 글로 적는 것조차 불쾌한 일이 벌어지진 않을까
예전보다 신경이 많이 쓰입니다.

노을이도 결국엔 평범한 아이다 보니
다른 아이들처럼 실수나 잘못을 할 때가 있습니다.
하지만 그럴 때마다 사람들의 주목 속에서
더 큰 문제로 번지지 않을까 우려하게 되죠.

어린 친구들에게 종종 받는 DM이 있습니다.

"초등학교 3학년인데
저도 노을이처럼 유명해지고 싶어요!"

행사장에서 만나는 친구들도

비슷한 말을 건네곤 합니다.

“야, 차노을 진짜 부럽다! 나도 너처럼 유명해지고 싶어.”

어떤 때는 아이의 부모님이
부러움을 표시하기도 합니다.
특히 아이를 연예계 쪽으로 보내고 싶어 하시는
부모님들이 그런 말씀을 자주 하시죠.

“아유, 노을이네 부러워요.
우리 애도 좀 그렇게 뜨면 좋겠는데.”

물론 정말 감사한 일입니다.
일반인들이 쉽게 경험하기 어려운 큰 사랑을 받고
무대에 올라 많은 사람의 환호를 받으며
그로 인해 금전적인 보상까지 받으니까요.

그런데 동시에

평범한 삶에서는 겪지 않아도 될 무거운 짐도
함께 짊어져야 합니다.

여전히 마음에 걸리는 것은
언젠가 노을이가 친구의 핸드폰을 만지다가
'자신을 향한 악플을 보게 되면 어쩌지?' 하는 불안입니다.

또는, 철없는 친구가
"인터넷에서 누가 너한테 이러이러하다던데?"
라고 말을 꺼냈을 때
아이가 어떤 마음이 들까 하는 걱정도 큽니다.

그런 순간이 온다면
아이가 받을 상처를 무엇으로 메울 수 있을까요?

'대신 그만큼의 보상이 있지 않냐' 고
생각할 수도 있을 겁니다.
하지만, 상처를 씻을 수 있는 보상은 없더군요.

마치 뺨을 세게 맞고 진수성찬을 받는 것처럼
음식이 아무리 맛있어도
뺨의 얼얼함과 맞을 때 느낀 수치는 사라지지 않죠.
보상과 상처는 결코 상보적인 관계가 될 수 없는 것 같습니다.

그렇기에 노을이가 상처보다는
사랑을 더 많이 기억할 수 있도록
저는 아이의 곁에 서서 그 길을 함께 걸어가려 합니다.
아이가 받은 사랑만큼이나
평안하고 건강하게 성장할 수 있기를
그리고 그 사랑이 노을이에게 부담이 아닌
따뜻한 기억으로 남기를 바라면서요.

정말 쉬운 질문이야

노을이의 〈happy〉 뮤직비디오가 알려지고 나서
많은 분이 정식으로 음원 출시를 요청하셨습니다.
그러나 곡의 길이가 약 1분 정도로 짧아서,
정식 음원으로 내기에는 부족함이 있었죠.

그래서 후렴구를 추가하고
제가 2절을 부르는 방식으로
곡 길이를 채워 출시하게 되었습니다.

2절 가사를 쓰면서 1절과 대조를
이루도록 몇 가지 표현을 바꿔 보았는데요.

그중 하나는 이런 부분입니다.

노을이는 이렇게 노래합니다.

'어른들이 자꾸 물어봐

커서 뭐가 되고 싶은지를 물어봐

정말 힘든 질문이야!'

이 구절을 저는 이렇게 바꾸어 불렀습니다.

'사람들이 자꾸 물어봐

노을이에게 뭐를 시킬지를 물어봐

정말 쉬운 질문이야!'

저는 노을이에게 무엇을 시킬 거냐는

질문에 쉽게 답합니다.

그 이유는 바로 이어지는 가사에 담겨 있죠.

'노을이가 자기 삶을 선택하는 것'

저는 노을이보다 지구별에서 28년을 더 살았지만

단 한 번밖에 살아보지 못했다는 건 노을이와 똑같습니다.

그래서 '삶은 이래야 해' 라고

정의 내리기 어렵더라고요.

경쟁에서 이기는 삶은 과연 좋은 걸까요?

- 오히려 많은 질투를 받아서 불행해지기도 하던데요.

착한 사람이 되는 건 좋은 걸까요?

- 때로는 자기주장 없이 눈치만 보게 되기도 하더라고요.

인기 많은 사람이 되는 건 좋은 걸까요?

- 잘못된 인간관계로 인해 고생하기도 하던데요.

이런 제가 노을이에게 삶의 방향을 잡아주기엔

너무 부족하다는 생각이 듭니다.

특히나 직업적인 선택에서는 더욱 고민이 깊어집니다.

미래 사회가 어떤 모습일지는

저도, 노을이도 모르는 상황이니까요.

10년 전을 떠올려봅시다.

음식을 맛있게 먹고
게임 방송을 하며 입담 좋은 사람이
수십억, 수백억대의 가치를
창출할 수 있을 거라고 예상한 사람이 있었을까요?
AI의 발달로 인해
그림을 잘 그리는 재능이 위협받을 수 있다고
예상한 사람도 많지 않았을 겁니다.

그렇다면 지금으로부터 10년 후의 세상은
또 어떻게 바뀌어 있을까요?
노을이가 직업 전선에 뛰어들 때쯤
세상은 과연 어떤 직업에 주목하고
어떤 직업을 가치가 없다고 평가할까요?

그런 미래를 예측할 수 있는 능력이
제겐 없는 것 같습니다.

그래서 결국, 모든 결정을 내릴 사람은
노을이 자신이어야 한다고 생각했어요.
어차피 어떤 일도 예측할 수 없다면,
스스로 결정을 내리는 게 가장 좋지 않을까요?
자신의 결정이 옳았다면
더 큰 성취감을 느낄 수 있을 테고
그 선택이 틀렸다면 그로 인해 배우는 것이 있을 테니까요.

그래서 노을이가 자기 길을 스스로 결정하길 바랍니다.
중간중간 제가 제안을 할 수는 있겠지만
모든 결정은 노을이의 몫이었으면 해요.
그렇게 '차노을'이라는 한 명의 사람이
성장하는 과정을 옆에서 지켜보고 싶어요.

이 아이가 어떤 이야기를 가지고 있는지
어떤 가치관을 가지게 될지
나중에 세상을 함께 살아가는 동등한 인격체로서
서로 대화하고, 생각을 주고받고

때로는 티격태격하면서

이 지구별에서의 삶에 관해 토론할 날이

빨리 오기를 바라봅니다.

얼른 어른이 돼서 네가 좋아하는 것만 실컷 해봐라!
그때는 내가 옆에서 박수 치며 구경만 할 거야.

* 사랑은 마음뿐 아니라, 표현입니다

"가서 얼른 자!"

노을이가 훌쩍이며 잠자리로 들어갔습니다.
누워서도 한동안 훌쩍임을 멈추지 못하더니
눈썹에 눈물이 마르기도 전에 잠이 들었죠.

'꼭 그렇게 화내지 않았어도 되는데.'
잠든 아이의 머리를 쓰다듬으며
뒤늦은 후회가 밀려왔습니다.
부모에게 단호함은 필요하지만
감정적이어선 안 된다는 것도 잘 알고 있습니다.

하지만 사람인지라 종종 실수를 하게 됩니다.
그런데, 내 실수의 대가를
이 어리고 작은 아이가 치렀다는 사실이
너무나 미안하고 마음이 아팠죠.

사실 저는 '진심이면 통한다' 는 말에
전적으로 동의하지는 않습니다.
그 말의 가치를 부정하거나 이해하지 못해서가 아니라
때로는 '진심' 만으로 충분하다고 착각하게 만들어
'표현' 의 중요성을 간과하게 할 수 있다는 우려 때문이죠.

가족 간에 갈등을 겪는 분들과 대화를 나누어보면
사랑이 부족한 경우는 거의 없습니다.
"엄마를 사랑하지 않나요?"
"그런 건 아니에요. 그런데, 하…."
"아드님을 사랑하지 않으시나요?"
"그런 건 아니에요. 그런데, 하…."
이들의 사랑 자체에는 문제가 없습니다.

문제는 그 사랑을 적절하게 표현하지 않는 데 있습니다.
표현하지 않는 사랑은
냉동실에서 3년간 묵혔다 버려지는
송편처럼 의미를 잃어버리기 쉽죠.

자녀를 키우는 일도 마찬가지입니다.
'나는 우리 아이를 사랑해.
이것만큼 중요한 건 없어.'
이 말에 동의는 하지만,
정말 사랑만으로 자녀와의 관계가 해결된다면
이 세상에 부모와 자녀 간의 갈등은 없을 겁니다.

우리는 모성애나 부성애를 떠올릴 때
흔히 드라마틱한 순간을 떠올리곤 합니다.

물에 빠진 아이를 구하기 위해 망설임 없이 뛰어드는 모습,
불길에 갇힌 아이를 위해 물 한 바가지를 끼얹고
달려가는 모습 말이죠.

하지만, 현실에서 아이를 키울 때
이런 극적인 상황은 사실 드물 겁니다.

다만, 우리에게 매일 요구되는 사랑이 있습니다.
감정적으로 훈육하지 않기.
고맙다는 말 자주 하기.
잘못했을 때 솔직히 미안하다고 말하기.

어쩌면 이런 매일의 작은 사랑을 실천하는 힘이
절벽에 매달린 아이를 구해내는 극적인 용기보다
자녀와 함께하는 데 더 중요한 요소일지도 모릅니다.

때로는 냉정하게

"아, 아빠 하나만!"

"안 돼."

저는 단호하게 말했습니다.

노을이, 새벽이와 집 앞 편의점에 들렀을 때

새벽이에게만 아이스크림을 사주고

노을이에겐 아무것도 사주지 않았습니다.

노을이는 점점 애가 타서 조르기 시작했죠.

누군가 우리 모습을 본다면

제가 정말 나쁜 아빠로 보였을 겁니다.

"노을이 넌 안 돼. 용돈 다 썼잖아."

제가 이렇게 단호했던 이유는 간단했어요.
노을이는 용돈을 모두 써버렸기 때문입니다.

노을이는 8살이 되면서
용돈을 받기 시작하자
마음대로 쓸 수 있는 돈이 생겨서 무척 기뻐했어요.
하지만, 용돈과 함께 하나의 규칙이 따랐습니다.
앞으로 엄마, 아빠가 간식을 사주지 않는다는 것이었죠.

노을이가 혼자서 용돈을 관리하면서
자신의 선택에 대해 책임지고
가치 있게 행동하는 법을
깨닫게 하려는 교육의 일환이었습니다.

실제로 저는 용돈을 주고 난 후
노을이의 용돈 생활에 전혀 개입하지 않았습니다.

신이 난 노을이는 월요일에 용돈을 받으면
월요일에 거의 다 써버렸죠.

그러면 수요일쯤
산책을 하다가 편의점에 들어갔을 때
아빠가 사준 아이스크림을 맛있게 먹는 동생 앞에서
노을이는 애간장이 타는 겁니다.

이때 노을이는 스스로
용돈을 아껴 써야 하는 이유를 배우게 되겠죠.

이것이 제가 육아에서 굉장히 중요하게 생각하는
원칙 중 하나인 '자기 책임' 입니다.

아이들은 많은 결정권을 가져야 합니다.
동시에 결정에 따른 결과를 스스로 책임져야 합니다.
그래야 자신의 결정을 깊이 고민하게 되고
삶을 주도적으로 살 수 있는 근육이 생길 테니까요.

하지만 이 부분을 놓치는 부모님들이 많은 것 같습니다.

사랑이라는 이유로, 아이가 오롯이
감당해야 할 몫을 대신해주기 때문이죠.

아이 대신 숙제를 하고
아이 대신 친구에게 사과하며
잘못한 행동에 대한 책임까지 대신 지려 합니다.
그렇게 아이들은 '책임감'을 상실하게 되죠.
왜냐하면 자신이 고민하지 않아도,
살아가는 데 문제가 없으니까요.

안아주고 품어주는 것만이 사랑은 아닙니다.
분주한 아침, 다 큰 아이의 입에다
숟가락으로 밥을 떠먹이는 것이 사랑이 아닌 것처럼요.

때로는 아이가 책임을 져야 할 문제에 있어서는
냉정해질 필요가 있습니다.

저희 둘째가 소풍날 늦잠을 잔 적이 있습니다.
몇 시까지 준비하라고 여러 번 말했는데도
결국 약속된 시간까지 끝내지 못했죠.

그래서 저는 어린이집에 전화를 걸어
오늘 아이가 소풍에 못 간다고 전했습니다.
물론 새벽이는 울며불며 아쉬워했지만
저희는 흔들리지 않았습니다.

이제 둘째는
다시는 소풍날 늦잠을 자지 않습니다.
물론 이렇게 아이에게 선택의 결과를
경험하게 하는 것이 늘 쉬운 일은 아닙니다.

하지만 저는 아이가 단순히 부모에게 의존하기보다는
스스로 한 선택에 책임을 지며 자라는 것이
중요하다고 믿고 있습니다.
아이가 어떤 상황에서도 자신의 결정에 따라

성장할 수 있도록 돕는 것,

때로는 품어주고

때로는 경계를 세우는 것이

진정한 사랑 아닐까요?

노을아, 새벽아. 아빠가 혼낼 땐 혼내도,

결국 너희 모두 너무 사랑한다!

✳

완벽하지 않아도 돼요,
다만…

"아빠, 이거 봐라. 나 이거 만들었다."

노을이가 장난스럽게 다가올 때
저는 마음 한구석이 불편했지만
애써 신경 쓰지 않으려 했습니다.

그날은 아내의 생일을 맞아
평소 방문하기 힘들었던
고급 미용실에서 특별한 커트를 선물했습니다.
아내가 머리를 자르는 동안
저는 뒤에서 세 아이를 돌보았고요.

"다 됐습니다."

미용실 원장님의 말에 아내를 보러 다가갔을 때
놀라지 않을 수 없었습니다.
커트 하나로 아내의 모습을 새롭게 조각한 듯
제가 보지 못했던 아름다움이 드러났거든요.
아내에게 해준 선물인데
그 순간 선물이 제게 돌아온 듯한 기분이 들었습니다.
이 순간을 사진으로 남기고 싶어
하루를 테이블 위에 앉혀 놓고 노을이를 불렀어요.

"노을아, 하루 좀 잘 봐. 알았지?"
"응, 알았어."
"하루, 떨어질 수 있어. 정말 조심해야 해."

몇 분간 아내 사진을 찍고 나서 돌아보니
하루는 테이블 위에 홀로 앉아 있었습니다.
그 아래엔 딱딱한 대리석 바닥이 펼쳐져 있었죠.

놀란 마음에 한달음에 달려가
하루를 끌어안고는 노을이를 찾았습니다.
노을이는 그사이 새벽이의 핸드폰 게임을
구경하느라 정신이 팔려 있었죠.

동생을 내버려둔 게 너무 화가 나서
감정을 주체하지 못하고 노을이를 혼냈습니다.
순간적으로 손이 올라갔죠.

"아빠가 분명히 하루 잘 보라고 했잖아!
너는 동생이 다쳐도 상관없어?"

그렇게 아이를 몇 번이고 다그치고 나서야
제 잘못이 보이기 시작했습니다.
하루를 불안한 곳에 앉혀 놓지 않았더라면….
조금 더 노을이에게 차분하게 설명했더라면….
더구나 체벌은 감정에 휩싸인 채 해서는
안 되는 일이었습니다.

그런 불편한 마음을 안고 집에 돌아왔는데
노을이는 어느새 다시 생글생글 웃으며
저를 찾고 있었습니다.

이대로 하루를 마치는 건
옳지 않다는 생각이 들었습니다.
노을이가 잠들기 전
조용한 방 안에서 저는 용기를 내어 말을 걸었어요.

"노을아, 자니?"
"아니, 왜?"
"아빠가 너한테 할 말이 좀 있어서."
"뭔데?"
"아까 일 말이야…. 아빠가 화내고 때린 거
미안해서 사과하려고.
그 어떤 이유가 있다고 하더라도
그렇게 너를 대하는 건 아빠가 정말 잘못한 거야.
정말 미안해 노을아."

잠시 조용하던 노을이는 갑자기
'으어어어어엉' 하고 울음을 터뜨렸습니다.

그동안 마음속 깊이 남아 있던
상처와 놀람을 애써 억누르고 있다가
제 사과를 듣고 그동안 꾹 참아왔던 감정을
스스로 보듬으려 애쓰는 모습이었습니다.
만약 노을이가 이 응어리를 품고 잠들었다면
이 일은 아이에게 깊은 상처로 남았을 겁니다.

마음에 생긴 상처도
몸의 상처처럼 흉터가 생기니까요.

저는 노을이를 꼭 껴안았고,
그렇게 서로를 안고 함께 눈물을 흘렸습니다.
방식이 다소 서툴러도 괜찮습니다.
사실, 완벽할 수는 없겠지만
나름대로 충분히 애쓰고 있으니까요.

제가 앞서 이야기했던 원칙들,
때로는 저조차도 지키기 어려울 때가 있습니다.

하지만 그럴 때일수록
"미안해"라는 한마디만 한다면
많은 문제가 해결될 겁니다.
이 말이 얼마나 강한지
또 얼마나 큰 치유의 힘이 있는지를
종종 잊고 지낼 때가 있습니다.

잠시 떠올려보자고요.
우리 마음에 상처로 남아 있는 사건들
그중 대부분은 아마도 "미안해"라는 말을
듣지 못해 남은 것이 아닌가요?

만약 아이를 키우고 계신다면
함께 용기를 내어 아이들에게 진심으로
"미안해"라고 말해봅시다.

그 뒤에 어떤 변명도 하지 않고

“너도 잘못했어”라는 말도 덧붙이지 않으며

내가 잘못했다는 사실을 오롯이 인정하고

진심으로 사과하는 용기를 품었을 때

아이들은 세상에서 가장 용기 있는 부모로

우리를 기억해줄 겁니다.

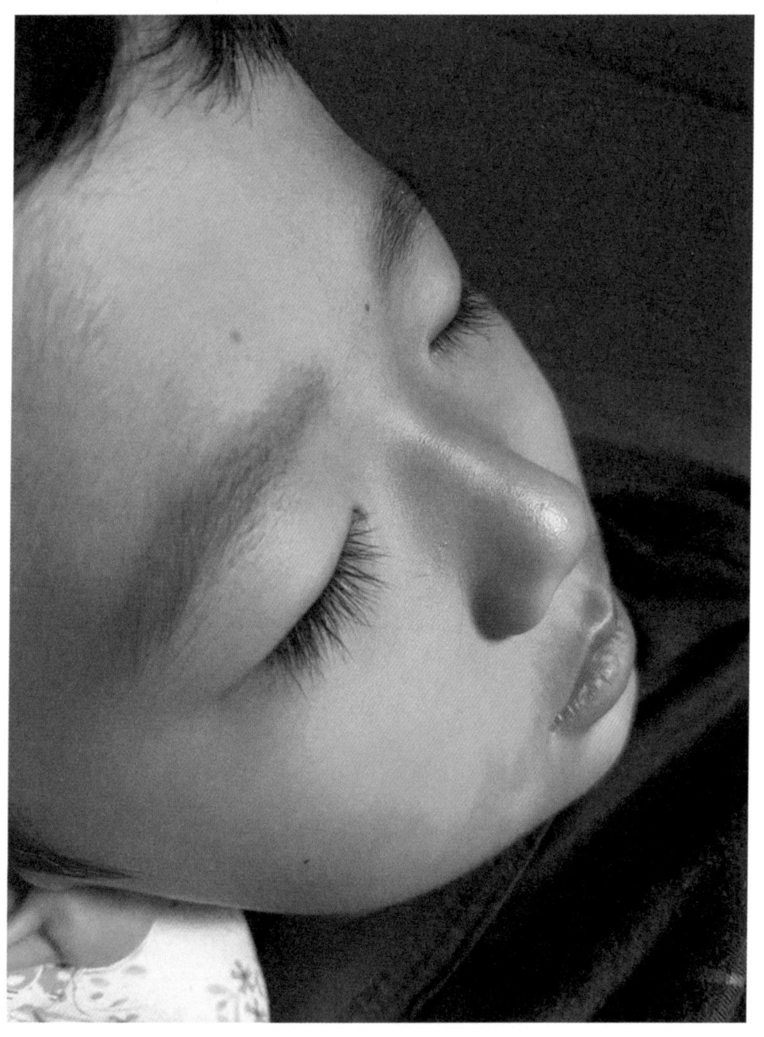

에휴, 잠든 얼굴은 이렇게 천사인데…
내가 좀 더 참아줬어야 했나 싶구나.
내일은 더 좋은 아빠가 되자, 꼭.

노을이가 무언가를 잘못한 상황
지금부터 사과하는 편지를 써

니가 뭘 잘못했는지, 그게 왜 잘못인지, 얼마나 죄송한지, 앞으로 어떻게 할 것인지. 모두 정확하게 써야돼. 알겠어?

네ㅠㅠ

③

훌쩍
훌쩍

아빠 여기

⑤

⑥

⑦

⑧

4부

나는 할래,
행복하게 살래

예술이야

제주도에서 일정이 있었습니다.

10월에 서귀포에서 열리는

축제 홍보를 부탁받아서

노을이가 서귀포 곳곳에서

재밌게 노는 영상을 찍어야 했습니다.

제주도로 가기 위해 청주공항으로 가는데

이제는 비행기를 타고 일정을 소화한다는

생각에 괜스레 뿌듯한 마음이 들었습니다.

주최 측에서 영상에 음악 분수를

담아달라고 부탁해서, 도착하자마자 식사만 하고
숙소에도 들르지 않고 새연교로 향했죠.
이 분수는 밤 8시 이후에만 볼 수 있거든요.

멀리서부터 음악 소리가 크게 들려왔습니다.
가까이 가보니, 정확히는 분수 쇼가 아니라
분수와 레이저 쇼였습니다.

다리 아래서 바다를 향해 뿜어져 나오는 물줄기와
그 너머 바위산을 수놓는 레이저 불빛.
그리고 그 장면에 맞춰 선곡된 음악까지.
생각보다 정말 장관이었습니다.

특히나 첫 곡이 제가 정말 좋아하는
가수 강산에의
〈거꾸로 강을 거슬러 오르는 저 힘찬 연어들처럼〉이라
저는 무척 신났죠.
노을이도 처음 보는 광경에 벅차했습니다.

"노을아, 이제 갈까?"

"응."

가만히 앉아 분수 쇼를 보고 있다가

음악이 바뀌어 2절이 흐를 때쯤

이 곡이 끝나면 이제 그만

자리를 옮겨야겠다고 생각했습니다.

노래가 끝나고, 엉덩이를 떼는 순간

♩♪♫♬~

"노을아, 잠깐만! 이 곡만 듣고 가자!"

제가 정말 좋아하는 싸이의

〈예술이야〉의 전주가 흘러나왔습니다.

분수도 레이저도 상관없이

이 노래는 꼭 듣고 가고 싶었습니다!

자연스레 우리는 다시 자리에 착석했죠.

그런데 가사를 듣다 보니, 웬걸요?

이게 꼭 우리 이야기 같더라고요.

'지금이 우리에게는 꿈이야

너와 나 둘이서 추는 춤이야

기분은 미친 듯이 예술이야

예술이야 (예술이야), 예술이야 (예술이야)

예술이야 (예술이야), 이런 날이 올 줄이야'

지난 5개월간의 일을 되짚어봅니다.

어느 날 눈을 떴을 때

이 모든 게 가짜였고 꿈이었다고 알려준다면

지금이라도 고개를 끄덕이며 이렇게 말할 것 같습니다.

"그래! 어쩐지 말이 안 되더라!"

그런데 눈을 비비고, 정신을 차리고 다시 보아도

이건 현실입니다.

원룸촌을 전전했던 우리가

수많은 사람의 환영을 받고

귀한 자리에 초청받아

공연하고 있다니요!

결국 터져 나오는 말은 한마디입니다.

"이런 날이 올 줄이야…."

젊은 날에 그렇게도 원했던 성공이었습니다.

슈퍼스타가 되고 싶어 밴드를 했고

악기를 이고 지고 전국을 다니며

빈 공연장과 무대에서 공연했습니다.

마치 알리바바처럼

간절히 주문을 외우면

문이 열릴 줄 알았으나

아무리 애를 써도 열리지 않던 문이었죠.

그런데 어느새 모든 걸 내려놓고 지친 마음으로 기대어 앉자

스르륵하고 문이 열려 있었습니다.

지금은 모든 순간이

그저 감사하고, 감격스러울 따름이죠.

분수가 하늘을 향해 뻗어가는 모습처럼,

노을이도 멋지게 자라길.

밴드 시절 이야기를 조금 더 해볼까요?

그때는 정말로 슈퍼스타가 되고 싶었습니다.

버스커 버스커, 장미여관, 혁오처럼

음악으로 성공하고 싶었고

목표는 〈유희열의 스케치북〉 출연이었죠.

그런데, 참 뭐가 안 되더라고요.

'실력이 없었나?' 라고 반문하기엔

나름 평가도 좋았습니다.

나가는 대회마다 큰 상을 받기도 했고

유명 인디밴드의 소속사와 접촉한 적도 있었죠.

(군 문제 때문에 무산되었지만요….)

드디어 잘 풀리려나 했던 순간에

밴드는 해체되고 말았습니다.

이제 시간이 지나서 문득 그때를 떠올려봅니다.

만약 제가 그때 성공했더라면 어땠을까요?

높은 확률로, 제 삶이 망가지지 않았을까요?

먹지 못한 신포도라서가 아니라

정말로 그렇게 생각합니다.

그때는 사람에 대한 이해가

지금과는 달랐습니다.

결혼한 지 얼마 안 돼 가정에 대한 이해도 부족했고요.

돈, 대중, 여론, 삶, 이 모든 것이

아직 설익어 있던 시기였습니다.

그런 상황에서 저에게 큰 명예가 주어졌다면,

아마 저는 그 영광에 취해 멋대로 칼을 휘두르다가
나도 모르는 사이에 내 발목을 쳤을 것이라는 생각이 듭니다.

물론 지금의 제가
삶에 대한 엄청난 통찰을 가졌다고 말할 순 없지만
그사이 세 아이의 아빠가 되었고,
인간관계에 대한 이해도 생겼으며
돈과 명예가 얼마나 예리한 칼날인지도 깨달았죠.
이렇게 준비가 된 상태에서 세상의 관심을 받으니
좀 더 어른스러운 대처가 가능하더라고요.

어떤 말을 조심해야 할지
어떤 것을 드러내야 할지
어떤 것은 감추어야 할지
이제는 더 신중하게 판단할 수 있습니다.
과거에 그토록 바라던 일이었지만
지금은 '그때 이런 일이 정말 벌어졌더라면….'
하고 종종 가슴을 쓸어내립니다.

그냥 여러분께 이런 말을 하고 싶습니다.
살다 보면 뜻대로 안 될 때가 많이 있잖아요?
너무 간절했던 것을 이루지 못해
가슴이 미어질 때도 있잖아요?

어쩌면 다행이었을지도 모릅니다.

막상 바라던 것을 얻었을 때
생각보다 별로일 수도 있고,
생각보다 더 우리를 흔들어놓을 수도 있으니까요.

아니,
그냥 다행이라고 생각하자고요.
'그때는 때가 아니어서 이루어지지 않았겠지.'
'그게 이루어졌으면, 아마 삶이 지금 같지 않을 거야.'
이렇게 생각하는 게 마음이 편할 수도 있습니다.

그게 사실일 수도 있고,

만일 아니라 하더라도

과거에 이루지 못한 어떤 미련을

깔끔하게 잘라줄 수 있는

가위가 되어줄 테니까요.

나를 보면 인사
반갑게
말을

✱ 네가 행복할 때까지만

"애 영상 하나 떴다고, 아이 이용해서 돈벌이하는 거 아냐?"

이런 악성 댓글이 가끔 달릴 때가 있습니다.

그런데 크게 상처받지 않는 건

저 말이 사실이라 그렇습니다.

실제로 노을이 덕분에

저희 가정은 경제적 위기에서 벗어났죠.

물론, 티브이 광고나 전속 광고를 할 정도로 뜬 스타는 아니기에

연예인들처럼 건물을 살 정도의 돈은 아니지만,

그래도 일반 가정에서는 감사할 수밖에 없는 돈을 벌었습니다.

그러면서 ‘아이를 이용해 돈 번다’는 사실에
가장 마음이 불편해지는 건 저였습니다.

그래서 저희 가정은 지출을 최대한 줄이는 방식을 택했습니다.
여전히 마트에서는 원 플러스 원을 찾고,
물건은 쿠팡보다 당근마켓을 이용합니다.
그래야 노을이가 언제든 그만두고 싶을 때
부담 없이 선택할 수 있으니까요.

노을이는 이 일을 정말 좋아합니다.
노래를 녹음하고, 사람들을 만나고
영상을 찍고, 결과물을 보는 과정들을 좋아하죠.
때론 일정이 고될 때도 있습니다.
먼 지방까지 이동해서, 밤늦게 집에 올 때도 있고요.

그럴 땐 걱정이 돼서 물어봅니다.

“노을아. 안 힘들어?”

"힘들어."

"그럼 이제 그만할까?"

"아니, 하고 싶어."

"왜?"

"힘들 때도 있는데, 재미있어."

어쩌면 노을이는 '보람'이라는 개념을

일찍 깨닫고 있다는 생각이 듭니다.

그런데 분명 언젠가 하기 싫을 때가 오겠죠.

좀 더 나이가 차면, 사람들 앞에 서는 일이

부끄럽고 귀찮다고 생각할 수도 있을 겁니다.

그때가 되면 언제든 그만두어야 하겠죠.

이 책을 읽으시는 여러분과

저희의 약속이라고 생각해주세요.

가사에서는 아이를

'세상에서 제일 행복한 사람'으로 키우겠다고 해놓고

"노을아, 촬영하기 싫다니? 이 광고 돈이 얼만데!

이것까지만 하자. 응?"이라고 말한다면

그 순간부터 아이는

돈이 행복을 대체할 수 있다고 생각하며 살아갈 테니까요.

하지만 만약 노을이가 계속 즐거워하고

이 과정에서 보람을 느낀다면

저희는 그 마음을 존중해 이 일을 계속할 겁니다.

늘 많은 사람의 관심을 받으며

음악을 만들지 못할 수도 있을 겁니다.

하지만, 이 과정 자체가 즐겁다면

그것만으로도 우리에겐 의미가 있으니까요.

*

흘려보내기

〈happy〉 영상만큼이나

많은 주목을 받은 영상이 하나 있습니다.

차 트렁크 뒤에 걸터앉아

서로 담소를 나눌 때

제가 노을이에게 이렇게 말했죠.

“우리는 언젠가 잊혀질 거야.

그래서 지금 우리를 사랑해주시는 분들께

감사해야 해.

우리가 받은 이 사랑들을 어떻게 해야 돼?”

"흘려보내 줘야 돼."

이때 많은 분들이 '흘려보낸다' 라는 표현이
인상적이었다고 댓글을 남겨주셨죠.
사실 이 표현은 저희 가족이 자주 쓰는 말입니다.

노을이의 작업물이 주목받기 시작하면서
저희 부부가 가장 빠르게 결정했던 건
바로 이 '흘려보내는' 방법이었습니다.

저희 가정에는 '이웃 사랑 통장' 이 있습니다.
여기에 담겨 있는 금액은 어떤 일이 있어도
어려운 이웃을 돕는 데에만 사용하죠.

노을이가 하는 일로 발생한 수익 중 몇 퍼센트를
이 '이웃 사랑 통장' 에 흘려보낼지 정한 뒤
그 기준에 따라
지금까지 기부를 이어오고 있습니다.

그중 몇몇 사례는

SNS를 통해 사람들에게 공개하기도 했고요.

어떤 분들은 저희의 인성을 칭찬하시기도 합니다.

“어쩜 그렇게 착하신가요?”

“아깝지도 않으신가요? 정말 대단하세요.”

글쎄요.

사실 저도 아까울 때가 많습니다.

사치스러운 삶에 대한 욕망은 없지만,

가장으로서, 그리고 가난한 시절을 오래 지내온 사람으로서

안정감에 대한 욕구는 강하게 있으니까요.

그럼에도 이런 기부를 계속하는 이유를 말하자면

종교 이야기를 꺼낼 수밖에 없을 것 같아요.

아참,

알고 계셨는지 모르겠지만

저의 본업은 목사입니다. 좀 의외죠?

머리 길고 랩하는 목사라니.

아, 오해하지 마세요.

여기서 갑자기 전도를 하려는 건 아닙니다.

제가 이 이야기하는 걸 정말 좋아하긴 하지만

이런 식으로 전하고 싶지는 않습니다.

기독교가 궁금해 이 책을 펼친 분은 없을 테니
최대한 짧게, 기부와 연관된
이야기만 하고 넘어갈게요.

기독교는 사랑을 이야기합니다.
예수님이 우리에게 엄청나게 큰 사랑을 주셨는데,
"정말 감사해요. 저희가 어떻게 보답하면 좋을까요?"
라고 물으면, 예수님은 이렇게 말씀하십니다.

"이 녀석아, 그렇게 고마우면
네 옆에 있는 사람을 사랑해라.
그렇게 하는 것이 곧 나를 사랑하는 것이란다."

이게 바로 '흘려보냄'의 바탕입니다.
기부를 하는 이유는
저희에게 사랑을 주신 예수님이 원하시기 때문이에요.
가끔은 아깝게 느껴질 때도 있지만
"그분이 기쁘시다면야, 내가 그분께 받은 사랑을 떠올리자"

라는 마음으로 기꺼이 흘려보내죠.

앞으로도 많은 사람을 돕고 싶습니다.

특히, 돈이 없어 기회를 얻지 못하는 사람들,

일상이 무너진 사람들,

또 가족과 함께하지 못하는 사람들.

할 수만 있다면

여러분이 저희에게 보내주신 사랑을

그분들에게 최대한 많이 흘려보내고 싶네요.

*

길에서 노을이를 알아보신다면

서울에서 반지하에 살던 때 일이에요.

그때 한 드라마에 푹 빠져서

거기에 나온 배우 한 분을 굉장히 좋아하게 됐죠.

'자연스러운, 힘 빠진 듯한 연기'를

멋지게 소화해내는 배우였거든요.

평소엔 드라마를 잘 챙겨보지 않지만

그분 덕분에 아내와 함께 드라마 전체를 정주행했습니다.

그런데 어느 날, 집 앞 쇼핑몰을 걷다가 깜짝 놀랐어요.

세상에, 방금 내 옆을 스쳐 지나간 사람이

바로 그 배우 같지 뭐예요?

"자… 자기야."

떨리는 목소리로 아내한테 전화를 걸었죠.

"나 ○○ 배우 방금 본 것 같아."

"진짜? 당신 엄청 팬이잖아. 가서 사인해달라고 해봐."

"아… 근데 아니면 어떡하지?"

"맞을 수도 있잖아. 한 번 가봐. 기회 놓치지 말고!"

"아, 알았어!"

저도 모르게 그 배우분을 따라갔습니다.

평소엔 절대 이러지 않는데

워낙 팬이다 보니 자꾸만 눈이 가더라고요.

마침 화장실에 들어가시길래

그분이 맞는지 확인할 기회라 생각했죠.

'말 걸었는데 싫어하면 어떡하지?'

'거절하면 어떡하지?'

'귀찮다는 투로 말하면 어떡하지?'

온갖 고민을 한 끝에 결국엔 말을 걸었습니다.

"저… ○○ 선생님 맞으시죠?"

"아, 예…."

"저, 실례 안 되면 사인 좀 부탁드려도 될까요?"

"화장실 앞에서 무슨…."

그 순간, 아차 싶었어요.

팬심이 너무 앞서 나갔던 걸 깨달은 거죠.

"아, 정말 실례했습니다. 죄송합니다."

저는 꾸벅 인사를 하고 돌아섰습니다.

마음 한편이 좀 쓰라렸지만요.

그래도 그 경험 덕분에 누군가 노을이를 알아보고

말을 건네기까지의 고민과 걱정을 이해하게 되었죠.

길에서 노을이를 알아보고

반갑게 말 걸어주시는 분들께
정말 깊은 감사의 마음을 가지고 있어요.
그리고 그 점을 노을이에게 종종 상기시켜 줍니다.

"노을아. 노을이를 알아보고
사진 찍자고 해주시는 분들은 정말 감사한 분들이지?"
"응."
"너한테 갑자기 길에서 랩을 시키거나
특정한 말을 하라고 한다면 꼭 할 필요는 없어.
하지만 따뜻하게 인사를 건네고
사진을 요청하는 분들에게는
감사한 마음으로 응답하면 좋겠지?"

그래서 노을이는 항상 누군가와 사진을 찍고 난 뒤
"감사합니다!" 하고 꾸벅 인사를 합니다.
아이에게 주변에 대한 감사와 배려를
알려주고 싶어 꼭 강조한 태도입니다.
물론 아이가 아프거나, 컨디션이 많이 안 좋을 땐

죄송하다고 말씀드려야지요.

(다행히 아직까지 이런 일은 없었어요.)

하지만 특별한 상황이 아니라면

보내주시는 소중한 마음에

최대한 응답해드리고 싶어요.

아이가 많은 분들로부터 사랑을 받는 순간을 보는 건

부모로서 정말 감사하고 행복한 일이죠.

그 따뜻한 마음만으로도 저희에게는 충분히 큰 선물이니까요.

노을아, 잊지 마.
아빠는 언제나 너의 가장 큰 팬이란 걸.

* 우리의 꿈

저희는 앞으로도

꾸준히 음악을 만들 생각입니다.

노을이와 제가 좋아하는 한은요.

몇 차례 말한 것처럼

〈happy〉 때와 같은 파급효과가

다시 일어날 거란 생각은 하지 않습니다.

객관적으로 데이터를 분석했을 때

절대 쉬이 발생하지 않는 일이거든요.

(뭐, 또 일어난다면 감사한 일이죠.)

그래서 결과에 집착하지 않고

처음 〈happy〉를 만들었을 때처럼

음악을 만드는 그 순간에 즐거움을 느끼며

꾸준히 음악을 만들려고 합니다.

그리고 전국 투어도 계획하고 있습니다.

사람들과 직접 만나서

눈을 맞추고, 교감하고, 손을 맞잡고 싶습니다.

면 대 면 만남이 줄어드는 세상이지만

여전히 이런 아날로그적인 만남이

사람의 인상에 깊이 각인된다고 믿거든요.

노을이 역시 사람들 앞에서 공연하는 순간을

정말 행복해합니다.

소규모 공연장에서라도

사람들과 눈을 마주치며 공연하는 시간을

종종 가질 계획입니다.

그 순간이 노을이에게도, 관객들에게도

특별한 기억으로 남길 바라면서요.

우선, 앞으로 다양한 공연을 위해

공연 레퍼토리를 쌓아야겠죠.

이제 노을이는 만남만으로도 누군가에게

잊지 못할 추억을 줄 수 있게 되었어요.

그런 만남이 우리 생각보다 훨씬 더 빛을 발하고,

가치 있는 곳이 분명 있을 거라 믿습니다.

긍정적인 만남이 절실한 사람들을 찾아가 공연하고,

웃고 노는 기회를 가져보려고 합니다.

어쩌면 노을이에게도 좋은 교육이 될 수 있겠죠.

저 또한 개인적인 삶의 영역을

확장해보려고 합니다.

글 쓰고, 말하는 걸 좋아하니

역시 이 능력을 활용할 수 있는 기회를 자주 찾을 것 같아요.

저를 필요로 하는 다양한 곳에서

여러분들을 만나지 않을까 합니다.

그리고 오래전에 접어두었던

음악에 대한 꿈도 다시 펼쳐서

급하지 않게, 천천히,

우리만의 이야기가 담긴 음악을

여러분께 들려드리려고 합니다.

더불어, 목사로서 제가 사랑하는 그 이야기를 나누고

사람들과 함께 아름다운 공동체를 이루며

살아가고 싶다는 마음에도 변함이 없습니다.

이렇게 계획하는 일들을

따뜻한 마음으로 지켜봐주시면 감사하겠습니다.

* 마지막으로

지금도 종종 〈happy〉의
성공 비결을 물으시는 분들이 있고
심지어 그 주제로 강연을 부탁하는 경우도 있습니다.
하지만 대부분은 정중히 사양하고 있습니다.

저로서도 설명하기가 쉽지 않기 때문입니다.
그저 인스타에 올린 뮤직비디오가
뜻밖에 큰 관심을 끌었을 뿐이니까요.
성공에는 여러 가지 요소가 결합되어 있을 텐데요.
사람이 욕심이 생기면
자신을 가장 빛나게 해줄 부분만 골라내어

성공의 비결이라 자랑하고 싶어지기 마련이죠.

'내가 이만큼 노력해서!'
'내가 이런 결단을 잘 내려서!'
하지만 노력한다고 모두 성공하는 것도 아닐뿐더러
어떤 사람은 운이 기가 막히게 작용해
노력에 비해 큰 성공을 거두기도 합니다.

알 수 없는 원리들이 뒤죽박죽 얽힌 세상에서
'이것이 성공의 비결이다'
'내가 이렇게 노력했다'
라고 말하는 게, 이치에 맞지 않다고 생각합니다.

〈happy〉의 성공 비결? 솔직히 저도 모릅니다.
그 안에 저와 노을이의 노력도 있겠지만
다른 분들의 도움도 있었을 것이고
저는 인지하지 못한 누군가의 손길도 있었을 겁니다.
그리고 운도 많이 작용했겠죠.

다만 저희 가정에서 일어난 일을 보며
작은 희망 하나 정도는 가져보셨으면 합니다.

'요즘도 저런 일이 일어나는구나.'
'삶이 저렇게 바뀌기도 하는구나.'
'가진 것 없는 사람이 저런 일을 벌이는 경우도 있구나.'

그리고
"나라고 못할 게 뭐야?"라는
희망으로 여러분이 자리를 박차고
일어설 힘을 얻으셨으면 좋겠습니다.

희망을 찾기가 참 힘든 세상입니다.
저희가 작은 촛불이라도
되어드릴 수 있으면 좋겠네요.
이 글을 보시는 여러분 모두 행복하시면 좋겠습니다.
한 걸음, 한 걸음에 몰두하다 보면
어디로 가고 있는지 잊을 때가 있습니다.

마찬가지로 너무 고된 삶을 살다 보면

삶의 궁극적인 목표를 잊을 때가 있죠.

결국 행복하기 위해 사는 게 아닐까요?

행복하고 싶어서 음식을 먹기도, 참기도 하고

행복하고 싶어서 누군가를 만나기도, 이별하기도 하고

행복하고 싶어서 절제하기도, 즐기기도 하죠.

뭐든 행복하면 그만입니다.

저도, 노을이도, 우리 가정도, 여러분도.

뭐가 됐든 행복하면 됐지

지금보다 더 어린 노을이.
첫걸음마 하던 게 엊그제 같은데.
온몸으로 ㄷ자를 만들고 있다.

초등학교 입학이라니…
가방은 조금 크지만,
마음은 이미 멋진 초등학생!

오늘은 멍하니 앉아 있지만,
곧 친구들과 신나게 뛰어놀겠지.
아빠가 믿는다!

1년 만에 이만큼
자랐으니,
셀카 찍을 때
이제 아빠가
뒤로 갈게!

③

⑤

⑥

⑦

⑧

뭐가 됐든 행복하면 됐지

초판 1쇄 인쇄 2024년 12월 30일
초판 1쇄 발행 2025년 1월 9일

지은이 차성진
펴낸이 김영곤 **펴낸곳** ㈜북이십일 아르테

프로젝트4팀장 김미희 **기획개발** 이해인 정유나 김시은
디자인 modam **교정교열** 박지석 김지혜
아동마케팅팀 장철용 명인수 손용우 최윤아 송혜수 양슬기 이주은
영업팀 변유경 김영남 강경남 황성진 김도연 권채영 전연우 최유성
제작팀 이영민 권경민

출판등록 2000년 5월 6일 제406-2003-061호
주소 (10881) 경기도 파주시 회동길 201(문발동)
대표전화 031-955-2100 **팩스** 031-955-2151
이메일 book21@book21.co.kr

ISBN 979-11-7117-969-5 (03810)